ひゃくめ

はり医者安眠 夢草紙

櫻部由美子

時代小説文庫

角川春樹事務所

ひやくめ

はり医者
安眠夢草紙

目次

第一話　ひゃくめ　7
第二話　あおさぎ　117
第三話　まんじゅ　223
安眠先生　ツボ指南　332

第一話

ひやくめ

音夢《ねむ》が家を離れるのは久しぶりだった。

駕籠《かご》の外には、土蔵造りの大店《おおだな》が続いている。薬種屋、小間物屋、塗物問屋、呉服屋。どの店にも立派な看板が掲げられ、屋号を染め抜いた暖簾《のれん》が軒下で揺れている。三日ぶりの晴天ともなれば、赤い大傘を広げて団子や甘酒を並べる露店を目当てに歩く人の数も多い。

音夢を乗せた駕籠は、繁華な日本橋通りを北へ向かっていた。

今川橋《いまがわばし》跡を過ぎた半襟屋《はんえりや》の前では、夏用の半襟を品定めする女たちが集っている。その中に見知った娘の姿を見つけ、音夢は慌てて顔を引っ込めた。

しばらくすると、駕籠の隙間《すきま》から昌平橋《しょうへいばし》の欄干が見えた。

神田川を渡った先の緩やかな坂は、神田明神を詣でる人々で賑《にぎ》わう参道だ。

まだほんの小娘だった頃《ころ》、親に内緒で明神さまのお祭りへ出かけたことがある。手習い所の仲間たちと示し合わせたのだが、押し寄せる見物人の渦に巻き込まれ、山車《だし》を見るどころか全員が下駄を片方ずつ失《な》くして帰宅する羽目となった。

それでも笑いながら裸足《はだし》で歩いた思い出が、随分と遠いことのように感じられて、音夢は膝頭《ひざがしら》に額を押し付けたまま目的の場所へ着くのを待った。

「どうぞ、お嬢さん。足元にお気を付けなさって」

駕籠が地面に下ろされたのは、静かな横丁の奥だった。

履物に足を入れ、周りに自分たち以外の者がいないことを確かめて立ち上がる。

もう一丁の駕籠から降りた母親のおさきが、そんな娘の様子を気遣わしげに見ていた。

「気分は悪くないかい、お音夢や」

「――平気」

娘の足元がふらついていないことを確かめたのち、おさきは何かを待つ風情《ふぜい》の駕籠かきを招き寄せた。

「ご苦労さまでした。帰りもよろしく頼みますよ」

「へぇ、こいつはどうも」

母親が懐紙に包んだ酒手《さかて》を手渡している隙に、音夢は改めて自分のいる場所を見渡した。

すぐ先に大勢の人が行き交う明神下の参道が見えているが、大きな商家に挟まれた横丁にいるのは自分たちだけである。

ふと、どこからか漂う清らかな香気に気付き、音夢は静まり返った横丁を歩き出していた。

甘い香りを辿《たど》って行き着いたのは、白壁の土蔵が二つ並んだ奥に広がる緑の庭だった。何種類もの雑木と夏草が勢いよく生い茂る中で、一本だけ真っ白い花を咲かせた背の高い木が立っている。

（こんな所に治療所があるのかしら……）

ぼんやりと庭を眺める娘に追い付いたおさきが、芳香を放つ白い花を指差して言った。

「ご覧、もうすぐ梅雨入りだというのに蜜柑《みかん》の花が咲いているよ。それとも橘《たちばな》かしら。ここは〈橘庵《たちばなあん》〉と呼ばれているそうだし」

「──よくお分かりですね。古木のためか、普通の橘より遅れて開花するのです」

突然割り込んだ声に振り返れば、どこから現れたものか、墨染の衣に白い頭巾《ずきん》を被《かぶ》った女が佇《たたず》んでいた。橘の花の香気が集まって尼僧の形になったかと思うほど、透き通った印象の麗人であった。

「お待ちしておりました。どうぞ、こちらへ」

案内された庭の奥には、競い合って枝を伸ばす木々の若葉に隠れて、寄せ棟造りの堂宇が建っていた。

堂宇の広縁《ひろえん》にかかる階《きざはし》を、滑るような足取りで尼僧が上がる。

母と娘が履物を置いて続く足元で、雨に晒《さら》されて白けた踏み板がぎちぎちと耳障りな音をたてた。

「お入りください」

ひと間だけの堂内はがらんとしていた。

奥に衝立《ついたて》式の屏風《びょうぶ》が立っている以外これといった調度もない質素な庵だが、板戸をはずした南側と西側の障子から差し込む光が、拭《ふ》き清められた床板の隅々まで届いている。

「庵主《あんじゅ》さま、この度はお世話をおかけいたします」

床板に両膝をつくおさきを、庵主と呼ばれた尼僧が押し止《とど》めた。

「改まったご挨拶《あいさつ》は抜きにしましょう。安眠《あんみん》先生は先の患者さんの治療中ですが、間もなくお見えになります。今のうちに支度をしておきましょう。ね、お嬢さん」

庵主が誘《いざな》う屏風の後ろ側には、清潔な敷布団と白布が重ねて置いてあり、着物を掛ける衣桁《いこう》まで用意されていた。

「ここで肌襦袢《はだじゅばん》だけになってください。お腹《なか》と背中が出せるようにして」

「……」

音夢の身体《からだ》が強張《こわば》った。

覚悟はしてきたつもりだ。帯も外出用の太帯でなく、半幅の細帯を使って簡単に結んでいる。それでも自宅以外の場所で若い娘が着物を脱ぐのは気がひけた。

「心配しなくても大丈夫」

ためらう娘に、庵主が足元の白布を手に取って見せた。

「治療を施すところ以外は、この布で身体を隠します。私は先生に頼まれて、身体の不自由な患者さんや、あなたのような若い娘さんのお手伝いをしているのですよ」

自分の役割を明かした尼僧が鮮やかに微笑《ほほえ》む。

(なんて綺麗《きれい》な人なのかしら……)

音夢はうっとり見とれてしまった。

「大丈夫。見た目は少し怖いかもしれませんが、安眠先生は優しい方ですから」

繰り返される言葉を信じ、着物を脱いで布団に横たわる。

その身体を上下二枚の白布が覆い隠した直後、外の階が大きく軋《きし》む音に続いて障子が開けられ、重たげな足音が近付いた。

「入っていいかい」

気安げな声に庵主が応じる。

「どうぞ、支度はお済みです」

屏風を回り込んで現れたのは、頭部がつるつるに禿《は》げた作務衣《さむえ》姿の男だった。

どうしてお坊さんが来たのかしらと瞬《まばた》きする音夢の足元に、薬籠《やくろう》を置いた男が胡坐《あぐら》をかいて座った。

「待たせてすまなかった。さっそく始めようか」

では、この禿げ頭が鍼《はり》医者の安眠先生なのだ。

羽織袴《はおりはかま》姿でもったいぶった言葉を話す医者しか知らない音夢は驚いた。驚いているうちに挨拶の機を逃してしまい、気まずさに白布を引っ張り上げて顔を隠した。

「あらあら、まあ、先生、よろしくお願いいたします」

慌てたおさきが、代わりに頭を下げる。

「手前どもの娘の音夢でございます。先日は夜分に押しかけた上、主人が色々と無理を申しまして――」

「無理じゃないさ」

安眠は軽く遮った。

「親が子を気にかけるのは当然だし、以前にも商家のお内儀のためにここを借りている。染井屋《そめいや》さんもそれを知っていなさったようだ」

染井屋藤右衛門《とうえもん》が、妻をともなって安眠を訪ねたのは三日前の夜だった。病に苦しむ娘の様子を事細かく伝えた藤右衛門は、男の患者が大勢出入りする治療所ではなく、近くの橘庵を借りることを望んだのである。

「ところで、お音夢さん。あんた鍼灸《しんきゅう》は初めてだそうだな」

「はい……」

音夢の手が、ぎゅっと白布の端を摑《つか》む。

「怖がらなくていい。俺の鍼はさして痛くないし、女に灸を据えるときは、大きな痕《あと》を残さないよう気をつける。まずは何度か深い息をして呼吸を整えてくれ。落ち着いたら両手を出してもらおう」

言われた通り、ゆっくりと息を整えた音夢は、両腕を白布の外に出した。

「よし。最初は脈を診るだけだからな」

安眠の右手と左手が、それぞれに音夢の両手首を摑んだ。人差し指と中指と薬指の三指を使い、軽く押さえて左右の脈をとる。

鍼医者の指先が温かいことに、音夢は少し安堵《あんど》した。

「左関上《かんじょう》と尺中《しゃくちゅう》が虚、全体に浮いている。肝虚陰虚《かんきょいんきょ》か……」

時間をかけて脈を診た安眠が、意味の分からない独り言を呟《つぶや》いた。続いて舌を出せと言う。

やつれた顔を間近で覗《のぞ》き込まれるのは嫌だったが、ここで気儘《きまま》が通らないことくらい心得ている。口元まで覆った白布をずらし、舌を長く伸ばした。心の中で、あっかんべーと言いながら。

茶化されたことなど知る由もない安眠は、目の下に青黒い隈《くま》の入った音夢の顔色と舌の表裏を見比べ、真剣に考え込んでいる。

そのうち見られてばかりいるのが退屈になった音夢は、ささやかな意趣晴らしのつもりで相手の顔を丹念に眺め返した。

よくよく見ると、頭は禿げていても安眠の顔は若かった。まだ三十歳にはなっていないだろう。眉《まゆ》は薄く、鼻梁《びりょう》が高く、目はぎょろりと大きい。六尺はありそうな長身と、がっちりした体格も相まって、むかし妹たちに読み聞かせてやった絵草紙《えぞうし》の中の海坊主を彷彿《ほうふつ》させた。

でも決して怖くはない。見ていて飽きない顔だ。

「今度は、質問に答えてもらうよ」

海坊主の鍼医者は、ざっくばらんな喋《しゃべ》り方をした。

「病に気付いたのはいつ頃だい」

「三月ほど前です」

安眠が頷《うなず》く。

「食欲はあるか」

「さほど。でも食べるようにしています」

「頭痛はどうだ」

「たまにあります。頭の片側だけ」

それから動悸《どうき》、息切れ、汗、咳《せき》や痰《たん》、肩こり、手足のしびれ、眩暈《めまい》、耳鳴りなどの有無を訊《たず》ねられた。少々答えにくい排泄《はいせつ》や女に特有の質問もあったが、近所のはやり医者から同じことを訊《き》かれていた音夢には、恥ずかしいというより面倒な手続きに思われた。

続けて腹を軽く押さえる腹診を行い、その間にも細かな問診を続けた安眠が、最後に付け加えた。

「俺が訊ねたほかに、気になっていることはないか」

「気になることって――」

音夢が相手の顔を見返す。

「何でもいい。あんたが気になるなら、些細《ささい》なことで構わない」

「………」

意味のある沈黙だった。

「病気と関《かか》わりがなくてもいいんだぞ」

布を握る指に力がこもる。

どうしよう。言うか、言うまいか。

心の中だけで悩んでいたつもりが、勝手に口が動いていた。

わずかな唇の動きを読んだ鍼医者が身を乗り出す。

「今、〈め〉と言ったか」

音夢は慌てて横を向いた。

「知りません。私、何も言ってない」

「こ、これ、お音夢や」

子供じみた娘の態度に狼狽《うろた》える母親を、安眠がそっと目配せして黙らせる。

「分かった、質問は終わりだ。今から鍼を打たせてもらう」

鍼と聞いて、音夢の肩に力が入った。

「怖がらなくていい。あんたには毫鍼《ごうしん》を使う」

そう言って安眠が薬籠の中から取り出してみせたのは、長さが一寸半ばかりのごく細い鍼だった。

音夢の足首に軽く触れた鍼医者の指が、迷いなく経穴《けいけつ》——いわゆるツボの位置を定め、鍼を刺入する。

最初に安眠が言った通り、ほとんど痛みはなかった。鍼を刺したところに独特のしびれのようなものを感じることはあったが、鍼医者はそれを鍼の響きと表現した。

「次はうつぶせだ」

音夢が体勢を変える動きに合わせ、横に控えた庵主が器用に白布を掛け直す。

うつぶせになった音夢の項《うなじ》を狙《ねら》って鍼が刺入された。刺された本人にもそれと分かる深い鍼だったが、眼《め》の奥まで届く響きは、なんとも心地よいものだった。

治療が進むにつれて、それまで音夢の胸の内を塞《ふさ》いでいた重いものが少しだけ取り払われ、代わりに初めて会った異相の鍼医者を信じる心が芽生えた。

ごつい手にもかかわらず繊細で優しい鍼を打つこの男なら、ひょっとして自分の病を治せるかもしれない。清々《すがすが》しい香気の漂う橘庵に来るだけでも気分が軽くなるだろうし、何より海坊主のような安眠の風貌《ふうぼう》に興味をそそられていた。

治療が終わる頃、寛永寺《かんえいじ》の鐘が七つ時を告げた。

迎えの駕籠に乗った音夢と母親は、大伝馬町《おおでんまちょう》の家へと帰って行った。

次の治療を七日後と決めて。


音夢は不眠の病を患っていた。

寝つきが悪いと自覚したのは、庭の紅梅がほころび始める頃だ。床に入ってもなかなか寝付けない日が続き、ようやく眠っても夜明けより早く目が覚めた。

最悪なのは夜半に目覚めてしまうことだ。そうなると朝までの時間をまんじりともせず過ごさねばならなかった。

眠れないまま寝返りを繰り返すだけの夜は長い。

辛《つら》そうな音夢のため、近所のはやり医者が往診に招かれた。総髪に羽織袴がよく似合う若い医者は、男ぶりだけでなく投薬の腕前も確かだと定評があった。

医者の処方通りに土瓶で煮出した苦い薬湯《やくとう》を、音夢はきっかり日に三回を守って飲んだ。しかし、ふた月飲み続けても良くならなかった。

前々から外出を控えていたこともあり、家の中に閉じこもって過ごす音夢は食が細くなっていった。丸味のあった頬《ほお》がこけ、目の下の隈が濃さを増して口数までが減ってゆく。

日毎《ひごと》に生気を失う娘の様子に両親は気を揉《も》んだ。何か良い手立てはないものかと方々を訪ね歩き、ようやく耳寄りな噂《うわさ》を聞き付けたのである。不眠の鍼が得意なことから〈安眠先生〉と呼ばれる鍼医者が、外神田で治療所を開いていると。


初めて安眠の治療を受けた日の夜である。

父母と一緒に遅めの夕餉《ゆうげ》を済ませ、自分の寝間へと引きあげた音夢は、草紙本をめくって静かな時を過ごした。

やがて夜が更け、いつも通りに布団を敷いた上女中が退くのを待って行燈《あんどん》の灯《あか》りを消し、祈る気持ちで床につく。久しぶりに外出したことで身体は程良く疲れていた。

(どうか効いていますように……)

安眠の鍼は、本当にこんなものが効くのかしらと怪しむほど軽かったが、今になって全身が重だるく感じ始めていた。手足の先からじんわりと暖まり、このまま静かに目を閉じてさえいれば眠りに落ちてゆけそうだ。

ところが。

心地よく意識を手放しかけていた音夢が、はっと瞳《ひとみ》を開いた。暗闇《くらやみ》の中に何者かの気配を感じたのだ。

　寝間には自分しかいないと分かっていても、箱枕《はこまくら》に乗せた首を持ち上げ、周りを見回さずにはいられなかった。

　一人で使うには広すぎる八畳間には、古い車簞笥《くるまだんす》と鏡台、草紙本を乗せた文机《ふづくえ》が壁に沿って並んでいる。あとは枕元の行燈があるだけで、人が隠れる余地などない。

　襖《ふすま》を隔てた隣室は去年まで妹たちの寝間だったが、今はもう空き部屋となっている。

　廊下側の障子にも人影はない。裏庭に植わったヤツデの葉が淡い月明かりに照らされ、天狗《てんぐ》の団扇《うちわ》のような影を揺らすばかりだ。

　確かに誰《だれ》もいない。でも、何者かが自分を見ている。

　今夜もまたあれ﹅﹅が来たのだ。

　布団の中に逃げ込んでも、堅く目をつぶっても、自分を見詰める気配が消えることはない。

　とうに眠気など消し飛んでいた。

　音夢がまどろむことが出来たのは、夜が白々と明け始めた後であった。

＊

「どうだ、少しは眠れているか」

橘庵の衝立屛風の裏で、音夢は問診を受けていた。

「少し寝つきが良くなった気はしますけど……」

今日で三回目の治療になるが、以前と大して変わらない夜を過ごしている。

「そうかい」

安眠に気落ちした様子はなかった。一度や二度の加療で治るものではないと踏んでいるのだろう。

今日は娘の代わりに受け答えをする母親はいなかった。

前回の治療の後、ともすれば不眠の娘より疲労の色が濃いことを心配した安眠が、次からは音夢一人で来させるよう勧めたのだ。

駕籠で往復させるなら道中の心配はない。こちらでは庵主が付き添うから、女中のお供も不要だと言って。

もちろん音夢も同意した。その方が気がねなく安眠と話せるというものだ。

治療が滞りなく終わり、道具を片付けた鍼医者は、橘庵の床に寝転んで伸びをした。

「あーあ、なんだかヒマになっちまったなぁ」

敷布団を畳みながら、庵主が軽くたしなめる。

「患者さんの前でお行儀の悪いこと」

目隠しに使っていた衝立屏風は、音夢が引《ひ》き摺《ず》って部屋の隅へと移動させた。夜になればこの屏風の陰で庵主が休むのだ。

音夢にも要領が分かりかけていた。

安眠の治療所は朝のうちが忙しい。昼からは前もって約束していた患者を診て、それから往診に出掛ける。今日は次の約束がないようだ。

「お音夢さん、まだ時間はありますね」

庵主の声に頷く。迎えの駕籠が来るのは、七つ時の鐘が鳴った後である。

「それでしたら先生、美神堂《みかみどう》さんの薬湯を飲ませて差し上げてはいかがですか。どうせ後で行くおつもりでしょう」

「ああ？　うん」

そうだなぁと、ごろ寝していた安眠が起き上がった。

「行ってみるかい。少し苦いが……」

「苦いのは平気です」

音夢はいそいそと、安眠の後について外へ出た。

橘庵の庭には眩《まぶ》しい光が溢《あふ》れていた。

庭の中ほどに立つ橘の木は、つややかな緑の葉を茂らせ、初めて訪れた時には花が咲いていた枝に小さな青い実をつけている。

「良い天気だな。梅雨の最中だとは思えない」

「本当に」

全身に陽《ひ》を浴びた音夢の声は、自分でも驚くほど弾んでいた。

門も垣根もない橘庵の庭を出て、静かな横丁を歩く。

右側は大きな骨董《こっとう》屋、左側は風格のある書道具屋の白壁だ。

二軒の商家の間から参道へ一歩踏み出すと、唐突に大勢の人が行き交う雑踏に包まれる。まるで別の町へ飛び移ったかのようで、ここを通るたびに音夢は軽い眩暈を覚えるのだった。

安眠が書道具屋の前を通り過ぎて覗いたのは、いかにも手狭で萎《しな》びた印象の小店だった。

「邪魔するよ」

「蒼一郎《そういちろう》ちゃんかい」

よれよれの前掛けをして現れたのは、店と同じく萎びた初老の男だ。

「小父《おじ》さん、美神湯《とう》を一杯たのむ。いや、俺じゃない。この娘さんにだ」

安眠の背中に隠れている娘に気付いた店主の甚八《じんぱち》は、煤《すす》けた顔に喜色を浮かべた。

「なんだよう、蒼一郎ちゃんが若い女を連れて来るなんざ、珍しいじゃないか」

「そうだったかな」

いかにも心安げな店主の冷やかしを軽くあしらい、安眠が店先の古い縁台を音夢に勧める。

(安眠先生の本当のお名前は、蒼一郎さんなんだ)

参道に背を向けて腰掛けながら、音夢は頭の中でこっそりと、その名を反復した。

安眠が医家の出ではないことは、前もって母親から聞いていた。この界隈《かいわい》で有名な商家の息子らしいが、どちらにしても本人の伝法な物言いとは釣り合わない。

「さあさあ、薬湯が入りましたよ、お嬢さん」

戯言《ざれごと》の続きを言いたそうな店主を押しのけ、湯呑《ゆのみ》を乗せた盆を手に現れたのは、色黒で筋張った印象の女だった。女将《おかみ》のお鐵《てつ》である。

「気をつけてくださいよ。熱いですからね」

盆ごと縁台に置かれた湯呑には、煮詰まった麦湯のような濃い茶色の薬湯が九分目ほども入っている。

「そいつは美神湯といってな、この店で売っている振り薬を煮出したものだ。病み上がりや脾《ひ》の働きが弱った者に適しているが、今のあんたにも合わないことはないだろう。ただし苦いぞ」

「いただきます」

立ったまま見守る鍼医者の前で、音夢は熱々の薬湯を少しずつすすった。はやり医者が処方したものと同じくらい苦いが、苦さの底にかすかな甘みを感じる。

「平気なのかい」

音夢は湯呑を傾けながら頷いた。

「では、あんたに合っているんだ。自分に合う薬湯なら、身体もすんなりと受け入れるからな」

成程そうなのかと思いながら薬湯を飲みきった音夢の背後で、唐突に野太い声が響いた。

「また油を売っているな、蒼一郎——おや、そこにいるのはお音夢さんじゃないか？」

ふいに名を呼ばれ、音夢の背筋に震えが走った。

慌てて逃げようとする足先がもつれ、よろめいた拍子に髷《まげ》から簪《かんざし》が滑り落ちる。すぐさま安眠の腕に支えられたものの、自分の下駄で薄い鼈甲《べっこう》の簪を踏みつけてしまった。

「こ、これはすまん」

謝ったのは着流しに二本差しの男だった。黒紋付きの羽織の裾《すそ》を帯に挟む流儀を見れば、定町廻り《じょうまちまわ》りの同心と知れる。

「伊東《いとう》さま……」

「驚かせて悪かった」

糸を張り付けたような細い目が、安眠の手で拾い上げられた簪を申し訳なさそうに見ていた。

「なんだ省吾《しょうご》。お音夢さんと知り合いだったのか」

「知り合いというか、何というか」

言いよどむ同心の言葉を、七つ時を告げる鐘がかき消した。

「私、橘庵に戻ります。お迎えの駕籠が来ますから」

音夢は早口に言い捨て、受け取った簪を握って駆け出した。

書道具屋の角を曲がって横丁の静寂に包まれた途端、はっと我に返る。

(嫌だわ。私ときたら、また大人気ないことをして)

薬湯の礼を言い忘れたと気付いたが、今さら美神堂へ戻るのは恥ずかしい。

(でも、まさか伊東さまに見つかるなんて……)

橘庵の古木を見上げて大きく溜息《ためいき》をついた。

一方、店先に残された男たちは、少々ばつが悪そうな顔で立ちつくしていた。

先に気を取り直した安眠が、素知らぬふりをしている女将の背中へ声を掛ける。

「小母《おば》さん、水飴《みずあめ》をおくれ」

美神堂が常備している水飴は苦い薬湯を飲んだ子供へのご褒美なのだが、このご褒美だけを無心に来るのが、物心ついた頃から安眠の日課となっていた。

もう一人の男は美神湯を注文し、さっきまで音夢が座っていた縁台に腰を落ち着けた。

安眠も横に座り、人通りの絶えない参道に顔を向けて言った。

「調子が良くないのか」

「うむ、近頃どうにも怪しくてなぁ」

渋面を浮かべた伊東省吾は、北町奉行所の定町廻り同心である。江戸市中を巡回し、治安を守る役目だが、怪しいのはお役目の話ではない。

「昨日も日本橋から京橋まで歩く間に、二度も商家へ飛び込んだ」

「そりゃあ、大変だったな」

「大変だった」

神妙に答える伊東の腹は、下りやすいことで有名だった。

見廻り中に腹がごろごろ鳴り出し、長屋の共同便所へ駆け込むことは日常茶飯事。心安い商家の厠《かわや》を借りることも度々あった。

大伝馬町の染井屋も、伊東の窮地を救ってくれる商家のひとつで、娘たちに厠へ案内されたことは一度や二度ではない。

「それにしてもお音夢さんには悪いことをした。お前と一緒にいるのだから、治療を受けに来たのだと察するべきだった」

「さあさあ、薬湯ですよ、旦那《だんな》」

後悔しきりの伊東に湯呑を出したお鐵が、安眠には竹箸《たけばし》にたっぷり巻きつけた水飴を渡す。

「お音夢さんなんて珍しい名前だけど、もしかして染井屋のお嬢さんかい」

「なんだよ、小母さんまで知っているのか」

「そりゃ有名だもの。何しろ染井屋の四姉妹と言ったら……あっ、うちの抜け作がまたやった！」

話の途中で薬湯の煮詰まり過ぎた臭《にお》いに気付き、お鐵は奥へすっ飛んで行った。だが事情通のお鐵でなくとも、〈染井屋四姉妹〉を知る者は江戸中に数多《あまた》いたのである。

「例の美人画が描《か》かれた直後は、店の前まで見物人が押し寄せる騒ぎだったものなぁ。俺も岡《おか》っ引《ぴ》きを遣《や》って、野次馬を追っ払うのを手伝わせたものだが、もう、あれから三年近く経《た》つか」

伊東が感慨深げに話す美人画とは、江戸の美人姉妹を題材にした連作錦絵のことだった。

さる大手版元が、江戸で美人と評判の姉妹たちを若手絵師に描かせ、一年を通して十二枚の錦絵を売り出したのである。月毎に異なる絵師を使う凝りようで、華やかな錦絵はたちまち江戸っ子たちの注目を集めた。その連作の最後に描かれたのが、染井屋の四人姉妹だったというわけだ。

「へぇ、そんなことがあったのかい」

二年前に修業先から江戸に戻った安眠は、その騒ぎを知らなかった。それにしても、下がり気味の目尻《めじり》に少し上向いた鼻がご愛嬌《あいきょう》の音夢が、美人画に描かれていたとは意外である。

「しかも、お音夢さんが四人姉妹だったとは」

「まさかお前、何も聞いていないのか」

驚いたように伊東が訊ねる。

「何かあるとは思っていたさ」

最初に音夢を診た時、重篤な病が奥に隠れていないことを見極めた安眠は、二、三回も鍼をすれば快方に向かうと踏んでいた。現に以前と比べれば声に張りがあり、娘らしい活気も戻りつつあるのだが、肝心の不眠が思ったほどには良くならない。

「省吾よ、もう少し詳しく教えろ。美人画とやらの件も含めて、お音夢さんには色々と事情があるのだろう」

もとは明朗活発でよく笑う娘だったと聞いている。そんな音夢が不眠の病を患うに至った切っ掛けが知りたかった。治療の効き目が現れないわけも分かるかもしれない。

「今日の薬湯は俺が奢《おご》ってやるぞ」

しかし伊東は、袂《たもと》から取り出した四文銭を、きっかり十枚数えて縁台の上に置いた。

「なんだ、幼馴染《おさななじみ》の頼みが聞けないか」

「怖い顔で睨《にら》むな」

安眠のぎょろ眼を、立ち上がった伊東の糸目が見下ろした。

「ここの女将にでも聞けよ。噂話の類《たぐい》なら女の方が細かいことまで知っている。いっそ本人に訊ねるという手もあるぞ」

言い残して西日の方向へ歩き始めた伊東が、ふと足を止める。

「そう言えば、染井屋の娘たちを描いた絵師が行方《ゆくえ》知れずだ」

「どういうことだ」

さて、と伊東は首を捻《ひね》った。

「俺にも分からん。ただ、赤麻呂《あかまろ》という絵師の行方を捜してくれと、版元から頼まれた。見つけたら礼金をはずむというので、八丁堀の朋輩《ほうばい》や岡っ引きたちが性根を入れて捜したが、半年たっても見つからん。その赤麻呂が染井屋四姉妹を描いた絵師だ」

「それで?」

「それだけ。思い出したので言ってみただけさ」

後ろ姿でひらひらと手を振った同心は、今度こそ緩やかな明神下の坂道を去って行った。

安眠は縁台に残って思案していたが、やがて水飴の竹箸を屑籠《くずかご》に入れ、ついでに伊東の置いて行った代金を店の銭函《ぜにばこ》に放《ほう》り込んで、自分の治療所へと帰って行った。

店の奥では、うっかり薬湯を煮詰めすぎた店主を叱《しか》る女将の声が続いていた。

*

今にも雨が落ちて来そうな空模様だった。

治療を日延べしてもらうよう勧める母親に、小雨くらいなら平気だからと言って音夢は家を出た。

駕籠を待たせていた横道で、折悪く隣家の勝手口から出て来た女中と鉢合わせそうになった。

きゅっと音夢の心の臓が縮み上がった。

咄嗟《とっさ》に屈《かが》んで身を隠し、そのまま駕籠の中へと逃げ込む。

胸を締め付ける緊張の糸がようやく緩んだのは、駕籠が昌平橋を渡り、外神田へと入った頃だった。

橘庵へ着いた時には小雨が降り始めていた。

小走りに庭を抜けようとすると、橘の古木の陰からひょっこり小柄な老人が現れた。

「あんたが、お音夢さんかい」

足を止めて頷く。

「安眠先生から伝言を預かったものでね。急な怪我人《けがにん》の治療が済むまで、隣の爺《じい》さんの家で待っていてくれとさ」

「隣の爺さんって……」

「儂《わし》のことさね」

ひょひょひょひょと、乾いた声で老人が笑った。

（このお爺さん、なんて大きな頭なのかしら）

音夢が心の中で驚嘆するほど、老人は鉢のひしゃげた大頭の持ち主だった。小柄な身体と比べて不釣り合いなことこの上ないが、ぴんと伸びた背筋と上品な黄朽葉《きくちば》色の着物が、素性の良さを物語っている。

「さて、儂の家へ行こうかね。ここに居ては濡《ぬ》れてしまうよ」

老人は木の幹に立て掛けていた番傘を開き、音夢に持たせた。

「あ、お爺さんは……」

音夢に傘を譲った老人は、手ぶらで橘庵の庭を出て、参道とは反対の方向へ歩いていく。土蔵の角を曲がると裏店《うらだな》が並んでおり、一軒目の障子戸の横に〈はり・きゅう〉と書いた紙が貼《は》ってあった。

ここが安眠の治療所なのかと立ち止まる音夢の耳に、戸の内側から大きな悲鳴と怒鳴り声が聞こえてきた。

『ぐえっ痛《い》てぇ！　痛てぇぞ、やめろっ、うわぁぁぁ』

『やかましい。観念しろ！』

悲鳴の主は誰だか知らないが、後の罵声《ばせい》は安眠である。

『放せ、このハゲ！　ハゲ、ハゲ――ッ！』

あからさまな悪態に音夢は唖然《あぜん》としたが、老人はひょひょひょと笑って隣家の戸を開けた。

「折れた骨を接《つ》いでいるのさ。あの様子では、まだ手間取りそうだ。おいで」

音夢は傘を閉じて戸の横に立て掛け、老人に続いた。

裏店の広い土間はがらんと片付いており、備え付けの流しの横に、飴色の水瓶《みずがめ》と、土瓶を乗せた七輪が置いてあった。

「上がりなさい。急なことでおもてなしの用意もないが」

「お邪魔します」

下駄を脱いで上がり込んだ四畳半には小さな茶箪笥があり、季節外れの丸い火鉢が隅へ追いやられている。

「ここは暗いから、奥へ行こう」

敷居を跨《また》いで六畳間に入った音夢は、そこに積み上げられた膨大な数の冊子を見て驚きの声を上げた。

「まぁ、すごい本の山。お爺さんは貸本屋さんなの？」

「いやいや」

破顔した老人は、文机の前の座布団を音夢の足元に置いた。

「お座り。いま麦湯を入れるから」

勧められるまま座布団に座る。

左右を見れば、身の丈ほどの高さまで積み上がった冊子ばかりでなく、木箱の中にも古めかしい巻物が詰め込まれていた。縁側に寄せた文机の上には、今にも崩れ落ちそうに紙の束が重ねられ、その横の燭台《しょくだい》に立派な蠟燭《ろうそく》がどんと立っている。

「すべて道楽だよ」

土間へ降りた老人が七輪の上から土瓶を持ち上げ、麦湯を注ぎながら言った。

「儂の名は瓢兵衛《ひょうべえ》。塗屋の楽隠居でね。好きな本読みと草紙書きに頭まで漬かるつもりでこの裏店を借りたのさ。明るくて、静かで、隠居暮らしにはこの上ない住まいだと聞いたものでね」

確かに裏庭から障子越しの外光を取り入れた部屋は、今日の雨模様でも本が読めそうなほど明るかったが……。

『ぎゃ――――っ、やめろぉ、人殺しぃ！』

『黙れ、人聞きの悪い！』

薄壁一枚隔てた隣家からは、患者と安眠との応酬が勢いもそのままに漏れ聞こえてくる。

やれやれと諦《あきら》め顔で肩をすくめた塗屋の隠居は、茶托《ちゃたく》に乗せた染付けの湯呑を音夢の前に置いた。

「草紙書きってことは、ご隠居さま、ご自分でも本を書いてらっしゃるのですか」

「瓢兵衛と呼んでおくれ」

そう言って瓢兵衛は、本の山から抜き出した草紙本を音夢に渡した。表紙には〈夢草紙・妖怪《ようかい》編〉と書かれている。

「儂は若い時分から、古い言い伝えや怪談に目がなくてね。その手の本を集めるだけでは飽き足らず、いつか金と暇が出来たら、自分の夢物語を書いてみたいと考えていたのさ。この歳《とし》まで生きてみると、多少の神変不思議にも出会うことがあったからね」

「面白そうだわ」

音夢は座布団の上で身を乗り出した。

「妖怪編ってことは、この本にはお化けの話が出て来るのね。例えば、その、海坊主とか……」

『畜生っ、この海坊主が――――っ！』

間の良過ぎる隣家からの絶叫に、瓢兵衛と音夢は顔を見合わせて吹き出した。

（先生に向かって海坊主だなんて）

自分も初対面の安眠に同じ印象を持ったことを思い出し、なおさら音夢は笑った。

声を上げて笑うのは久しぶりだった。

前に笑ったのは何時《いつ》だったかしら。ひと月前？　ふた月前？　いいえ、もう半年以上も笑っていない。それより前の私は何が面白くて笑ったのだろう。

笑いながら音夢は考えた。

笑って、笑って、笑い過ぎて涙がこぼれた。涙は次から次へと溢れ出し、いつしか音夢は、声を上げて泣いていた。隣家から聞こえていた悲鳴が止んでも、子供のように泣き続けた。

やがて、本に埋もれた隠居部屋を雨音だけがしとしと満たし始める頃、ようやく音夢は顔を上げた。

「ごめんなさい。初めて会った人の前で、私ったら……」

「構わないよ。ほら、麦湯をお飲み」

瓢兵衛の声は優しかった。

香ばしい麦湯を口に含み、少しずつ喉《のど》に流し込む。湯呑が空になる頃には、自分の胸を塞いでいた重いものが、また少し取り払われていた。

「あのね、瓢兵衛さん」

すっきりした気分のまま、音夢は話し始めた。

「私、人の目が怖いの」

「ほう、どういうことかな」

隠居が軽く首を傾《かし》げる。

「こうして瓢兵衛さんと向き合っているのは平気です。安眠先生や庵主さまも大丈夫。端《はな》から私のことを知らない人にだったら、顔を見られても何てことはないんです。でも、家の近所を歩こうとすると、妙に人の目が気になって……」

大伝馬町の界隈では、誰もが音夢の顔と素性を知っている。それらの人々が物陰からこっそり見ているというのだ。

「ほら、あの娘が来た。恥ずかしげもなく、よく堂々と出歩けるものだって。向かいの女将さんも、両隣の手代さんも、手習い所で一緒だったお友だちも。みなが私を見て笑うんです」

馴染《なじ》みの者に嘲《あざけ》りの目を向けられるのは堪《たま》らなかった。だから家に閉じこもった。

「でも、そのうち部屋の中でも人目を感じるようになりました。床に入ってからも、障子や襖戸の向こうから誰かが覗いている気がして、落ち着かなくて、眠れなくなってしまいました。いいえ、勘違いなんかじゃありません。確かにこっちを見ているの。闇の中に沢山の目が潜んでいて、じっと私を見ている」

「それは、〈ひゃくめ〉だ」

「えっ？」

それは、気のせいだ——当然そう言われるものと予想していた音夢は、思わぬ言葉に顔を上げ、燭台の大きな百匁《ひゃくめ》蠟燭を見やった。

「いやいや、蠟燭の話じゃない」

瓢兵衛は大きな頭を左右に揺り動かした。

「妖怪〈百目〉のことさね。またの名を〈目々連《もくもくれん》〉ともいう。体じゅうが無数の目でおおわれていて、暗闇からじっと人を見詰める物《もの》の怪《け》だよ」

「ようかい、ひゃくめ……」

突拍子もない話である。しかし、老人の戯言《たわごと》として聞き流す気にはなれなかった。

「どうしたら百目を追い払えますか」

「ほう、追っ払いたいかい」

音夢は真剣な面持ちで頷いた。

「退治する方法があるのなら、教えてください」

「ほうほう、退治ときたか」

瓢兵衛の口調には隠しきれない愉色《ゆしょく》が滲《にじ》んでいた。

「退治する方法などありはしない。ああ、そんな悲しそうな顔をせんでもいいよ。必要がないということだ」

再び泣き出しそうな音夢を、今度こそ真面目《まじめ》な言葉付きで塗屋の隠居がなだめる。

「隣の先生に鍼の治療を受けているのだろう。なら大丈夫。あんたの身体と心が一致すれば真実が見えるようになる。そうなれば百目は勝手にどこかへ行ってしまう。あの海坊主の先生、腕だけは確かだから、ちゃんと分かって治療していなさるよ」

「……………」

上手《うま》く誤魔化された気もするが、親切に言い聞かせてくれる隠居に口答えはしたくなかった。

ちょうどその時、表戸を開けて庵主が顔を覗かせた。

「お待たせしました、お音夢さん。そろそろ安眠先生の手が空きそうです」

続けて庵主は、瓢兵衛に頭を下げる。

「お世話をおかけいたしました」

「なんの、お蔭《かげ》で楽しい話が出来たよ」

そう言って笑いかける瓢兵衛の側《そば》に寄り、音夢はそっと耳元でささやいた。

「さっきの話ですけど、安眠先生には内緒にしてね。お化けを怖がるなんて子供みたいだと思われるから」

「よしよし。儂とあんただけの秘密にしよう」

音夢は安心して土間に下り、乱雑に脱ぎ捨てられたままの下駄を履いた。

戸の外では小糠雨《こぬかあめ》が降り続いている。

「そうだ、これだけは言っておこう」

番傘を借りて表へ出ようとする背中に声がかけられた。

「妖怪というのは悪いものとは限らないのだよ。百目だって同じだ。覚えておきなさい」

振り返って見た時には、声の主は高く積まれた本の後ろに引っ込んでしまっていた。

「先の患者さんは、大丈夫なのですか」

「ええ、大変な騒ぎだったでしょう」

橘庵へ向かう道すがら、音夢は怪我人の様子を聞いてみた。

「途中で気を失ってくれたので、本人のためにも助かりました」

庵主の話によると、足の骨を折って担ぎ込まれたのは、蠟燭の流れ買いをしている庄吉《しょうきち》という男だった。

流れ買いとは、蠟燭立ての底に流れて固まったクズ蠟を買い取って回る仕事である。櫨《はぜ》の実から造られる木蠟は贅沢《ぜいたく》品で、わずかな燃え残りでも回収するだけの価値があったのだ。

「ところでね、お音夢さん」

堂宇の階の前で傘を閉じ、庵主が話題を変える。

「次の治療のことですけど、いつもより早い時間に来ていただきたいのです」

「はい」

安眠の治療の都合だろうか。

「それから、お迎えの駕籠は少し遅めに来てもらうことにして、治療が済んだ後でお茶屋へ行きませんか」

「え、お茶屋？」

思わぬ提案に面食らったが、庵主は楽しそうに続けた。

「もちろん安眠先生も一緒ですよ。湯島天神の階段下に、おいしい餅《もち》菓子を出すお店があるのです」

断る理由などなかった。

いつも通りの治療を終えて帰宅すると、音夢は家族がそろった夕餉の席で、庵主の誘いについての伺いを立ててみた。

「おお、行っておいで。良い気晴らしになるじゃないか」

「いつもより華やかな着物を用意しないとね」

両親ともに諸手《もろて》を上げて賛成した。あるいは反対されるかもしれないと心配していた音夢が拍子抜けするほどであった。

その夜、いつもと同じ時刻に床へ入った音夢は、小半時《こはんとき》も経たないうちに眠りについた。翌朝はまだ暗いうちに目覚めてしまったものの、次第に明けてゆく朝の空気を清々しいと、久しぶりに感じたのだった。

＊

だらだらと降り続いた雨が止んだ。

治療を終えた音夢が、安眠たちと連れだって橘庵を出る頃には、雲の切れ間に青空も見え始めていた。

茶屋へ行く前に湯島天神へ参拝し、ぶらりと境内を巡る。

手水屋《ちょうずや》の奥にある梅林では、小ぶりな梅の実が黄色く色付き、氏子らしき老女がひとつひとつ丁寧にもぎ取っては竹かごの中に納めている。いずれ縁起物の梅干しとして漬け込まれ、参拝者向けの土産《みやげ》になるのだろう。

「これで梅雨明けでしょうか」

熟さないまま地面に落ちてしまった青梅を拾い上げ、音夢が誰に訊ねるともなく呟いた。

「まだ明日も降るだろう。風に湿気の臭いが残っている」

前を歩いていた安眠が犬のように鼻を鳴らし、その隣で庵主も付け加える。

「あと二日もすれば蟬《せみ》たちが一斉に鳴き始めます。それが今年の梅雨が終わった知らせです」

成程そうなのかと音夢は感心した。

この二人は自分が知っている他の人々と何かが違う。特に庵主は尼僧という立場を越えて浮世離れしているようだ。さっき天神さまに手を合わせた時にも、妙なことを口走っていた。

『菅原道真公《すがわらのみちざね》は立派な方です。学問だけでなく詩歌にも優れ、人望も厚くていらっしゃった。右大臣などに栄達しなければ、大宰府《だざいふ》へ流されることもなかったでしょうに』

まるで天神さまの知り合いである。変な人。でも良い人だ。

「お音夢さん、ここから不忍池《しのばずのいけ》がよく見えますよ」

変な人だと思われているとも知らず、庵主が手招きする。

切通しの崖《がけ》の上からは、不忍池ばかりか、その向こう側に広がる上野の寛永寺まで見渡せた。

公方《くぼう》さまの菩提所《ぼだいしょ》として広大な敷地を誇る寛永寺には、贅を凝らした堂宇や楼閣が配置されている。春になれば桜の名所となる場所もある。

何年か前に音夢の家族が花見をした際には、満開の花に見とれているすぐ隣で時の鐘が鳴り響き、その途方もない轟音《ごうおん》に驚いた末の妹が大泣きしてしまった。両親のもとに残る娘が自分だけとなった今では、甘やかさの上にほろ苦さが加わった思い出だ。

高台からの眺めを堪能した一行は、目当ての茶屋へと向かうことにした。

急峻《きゅうしゅん》な石段を下った先の梅花堂《ばいかどう》は、看板娘を売りにする安っぽい水茶屋の類ではなく、柴垣《しばがき》を巡らせた風雅な趣のある店だった。

垣の入口に向かって少し歩いたところで、前から来た男たちとすれ違う。

行き過ぎようとする三人のうち、黒羽《くろは》二重《ぶたえ》の洒落《しゃれ》た長羽織を着た男の顔を見た音夢は、はっとして振り返った。

と、その時。ひゅんと音をたてて、頭の上を何かが飛んだ。

「危ない！」

すぐ後ろにいた安眠が肩を摑んで引き戻し、それを見た庵主も足を止める。

ひゅん、ひゅん、と続けて飛んで来るのは握り拳《こぶし》ほどの石だった。

「あ痛っ！」

石のひとつが長羽織を着た男の蟀谷《こめかみ》に命中した。

「若旦那っ」

「誰だ、この野郎っ」

連れの男の片方が屈み込んだ男を庇《かば》い、あとの一人が石つぶての飛んできた方を睨む。

「ざまぁみろ、いい気味だよ」

音夢たちが下りてきた階段脇《わき》の木陰から飛び出したのは、前掛けをつけた若い娘だった。

「もっと大きなバチが当たればいい。あの絵と一緒に燃えちまえばいいんだ。あんたのせいで枕を高くして眠れない娘が何人いると思ってるんだいっ」

「さては、てめぇ――」

娘を捉《つか》まえに行こうとする男を、頭に血を滲ませた男が止める。

「もういい」

「でも、若旦那」

「放っておけと言っているんだ」

若旦那と呼ばれた男は、長羽織の袂から取り出した手拭《てぬぐ》いで頭を押さえて立ち上がった。

「行くよ」

「へ、へぇ」

二人の連れは、腰を低くして付き従った。

石を投げた娘は、いつの間にか姿を消していた。

「どうぞ、梅花餅です」

店主が大鉢に盛って出したのは白い焼き餅だった。餅の表面には梅の花をかたどった焼印が押してある。

「美味《おい》しそう」

「温かいうちに頂きましょう。今日は先生がご馳走《ちそう》してくださるそうですから、いくつでもお代わりして大丈夫ですよ」

庵主の言い草に、安眠が毛のない頭を掻《か》いて苦笑する。

音夢も笑って焼きたての餅に口をつけた。中身はあっさりした漉《こ》し餡《あん》なので、本当にいくらでも食べてしまいそうだ。

茶屋の奥にある小座敷で一行はくつろいでいた。

名物の餅菓子を食べ、濃い煎茶《せんちゃ》をすすりながら、音夢は先だって足を骨折した患者の具合を訊ねてみた。

「庄吉なら、昨日やつの長屋へ運んだ」

二個目の餅を摘まみ上げながら、安眠が答える。

「馬鹿な野郎だよ。母親と妹がいるから世話だけはしてもらえるが、仕事に戻れるのは当分先のことだな」

そもそも蠟燭の流れ買いを生業《なりわい》とする者には、他人の縄張りに立ち入らない決まりがある。ところが庄吉は、たまたま通りかかった家で大量の蠟燭カスを買い取り、その後も他人の縄張りであることを知りながら、こっそり通い続けたのだ。

「それが正当な縄張りの持ち主にばれて、荒っぽい同業仲間から袋叩《ふくろだた》きにあったのさ」

「まあ……」

庄吉は戸板の上に乗せられながら、治療代の高いはやり医者や骨接ぎ屋ではなく、安眠先生の所に運んでくれと泣いて訴えた。〈はり・きゅう〉の看板を掲げる安眠が、接骨の技術も併せ持つばかりか、実は蘭漢《らんかん》両方の医学を修めた優秀な医者で、厳《いか》つい外見によらない人情家であることを近隣の者たちは知っているのだ。

「喧嘩《けんか》といえば、さっきの騒ぎは何だったのでしょうね」

開け放した縁側から見える天神さまの階段へ顔を向け、庵主が呟いた。

「石を投げられた若旦那は、お音夢さんの知り合いかい」

すれ違いざまに男の顔を振り返ったところを、安眠は見逃してはいなかった。

「あの人が……」

飲みかけの茶碗《ちゃわん》を茶托に戻し、音夢がわずかに言いよどむ。

「あの人が、宝来屋《ほうらいや》の国松《くにまつ》さんです」

答えた途端、温かかった指先が冷たくなった。

「宝来屋ねぇ」

「有名なお店なんですか」

二人がさしたる反応を示さなかったことが、音夢には意外に思われた。

「ご存じではなかったのですか。その……私のこと」

「知らんよ」

安眠が分厚い肩をすくめた。

「染井屋のご両親から聞いたのは、あんたが眠れなくなってからの様子だけだ。実のところ、病の前に大きな出来事があったのなら、こちらも知っておいた方が良い。それで事情を知っていそうな者に聞こうとも考えたが、やっぱり止めた」

「止めた……」

音夢の目が『なぜ』と訊ねていた。

「頭越しに自分の話をされるのは気分が悪かろう。わけを知りたい時は、直接あんたの口から聞けば良いと思ったのさ」

予想もしない言葉だった。

あの出来事があって以来、誰もが自分の噂話を聞き齧《かじ》っては、気の毒がったり面白がったりしているものと思い込んでいた。

「笑わないで、聞いてもらえますか」

音夢は膝の上で冷たい指を握り締めた。

「無理はしなくていいぞ」

安眠が念を押す。

「少しずつだが、あんたの病は良くなっている。このまま治癒するかもしれないんだ」

「分かっています」

確かに以前に比べれば寝つきは良くなった。こうして久しぶりの遊山を楽しめてもいる。それでもまだ顔を晒して近所を歩く気にはなれなかった。

人の目が怖いのだ。物陰から自分を見詰める目が怖い。妖怪百目が怖い。

過去の恥を打ち明けたところで、百目が新しい目を増やしてしまうだけかもしれない。でも、二人に隠し立てはしたくなかった。

「やっぱり、聞いてください」

音夢はうつむけていた顔を上げた。

「何から話せばいいのか。そう、私たちの錦絵が売り出されたことはご存じですよね。もう三年近く前になりますが」

「知ってるよ」

安眠が認める。

「だが詳しいことは聞いてない。俺はその頃江戸にいなかったし、庵主さまは流行《はやり》ものとは無縁の人だ」

音夢は頷き、頭の中で懸命に考えをまとめた。

「私たちは――」

話し始めた声は、低く掠《かす》れていた。

「私と、妹たちは、染井屋の四人姉妹として生まれました。でも決して美人四姉妹などではありません。なぜなら、美人なのは三人の妹たちだけなのですから」

自分がせいぜい十人並みの器量であることを、当時十八歳だった音夢は自覚していた。

「錦絵の版元さんから、連作〈江戸美人姉妹〉の最後の一枚として染井屋の娘たちを描きたいとの申し出があった時も、私だけは人数に入れないでくださいとお願いしたんです」

美人姉妹が必要なら、妹たちだけで事足りるはずであった。

ところが版元はこれに難色を示した。連作にはこれまで二人姉妹が八組と、三人姉妹が三組描かれており、最後は華やかな四人姉妹の絵で締めくくりたかったからだ。

四人揃わないなら、この話はなかったことにしてもらうと版元は詰め寄った。すでに白酒屋《しろざけや》の娘たちが代わりとして控えており、こちらは四人揃って大乗り気だという。

音夢は迷った。妹たちは自分に気がねして黙っているが、本心では絵師に描いてもらうのを楽しみにしている。何より父親が一代で築き上げた染井屋の名を江戸中に広める絶好の機会である。

結局、音夢が折れた。

絵師・赤麻呂の筆による染井屋四人姉妹の錦絵は、師走《しわす》の空を飛ぶように売れ、江戸市中ばかりでなく朱引きの外にまで染井屋の名を知らしめた。万事めでたしとなるはずであった。それを境に音夢の人生が暗転しようとは、誰に予測出来ただろう。

「当時、私には許婚《いいなずけ》がいました」

全《すべ》てを話すと決めた音夢の口調は淡々としていた。

「でも破談になったんです」

相手は老舗《しにせ》の瀬戸物問屋として知られる尾張屋《おわりや》の跡取り息子、朝太郎《あさたろう》だった。

正式な取り決めではなかったものの、音夢と朝太郎は子供の頃から馬が合い、親同士が親しかったこともあって、それらしい雰囲気が出来上がっていたのだ。

ところが、先方が嫁に欲しいと望んだのは、長女の音夢ではなく次女の皐月《さつき》だった。年明け早々の番狂わせであったが、いつまでも気落ちしてはいられなかった。音夢には他にも良い縁談が舞い込んでいたからだ。

「それが、宝来屋の国松さんとのお話でした」

日本橋河岸《がし》の横に店を構える宝来屋は、江戸で一、二を争う薬種問屋である。身代の大きさは染井屋の比ではなく、見合いの当日は音夢も精一杯の装いをして出向いた。

だが、柳橋《やなぎばし》の料理屋で会った国松は上の空だった。

見合い相手などその場にいないかのようにそっぽを向き、親同士が場を取り繕う会話の途中で大欠伸《おおあくび》までかましてみせた。端《はな》から音夢と一緒になる気がないのは明らかであった。

「この話は忘れなさいと、後日お父《と》っつぁんに言われました」

夏の始めに皐月の婚礼があり、秋になって音夢は次の見合いに臨んだ。相手は神楽坂《かぐらざか》の高級料亭の息子で、今度こそ良縁かと思われたが、会った翌日に丁寧な断りの知らせが届いた。

翌年の春には、花見にかこつけた見合いが設定された。庭の枝垂《しだ》れ桜が自慢の茶屋で会った相手は、花の下に立つ音夢を見た途端、機嫌が悪くなった。結局これも断られた。

また夏が来て、染井屋では三女の綾女《あやめ》が嫁いで行った。相手は前に音夢と見合いをした高級料亭の息子だった。こっそり対面の席を覗いていた綾女を見初《みそ》めてしまったのである。

その前後にも音夢の見合いは行われ、どちらも格下の商家の息子が相手だったにもかかわらず断られた。

ここに至って染井屋の藤右衛門は頭を抱えてしまった。

大きな商家同士の縁談なら、見合いに漕《こ》ぎ着けた時点で八割方は結婚が成立したようなものだ。互いに恥をかいたり、かかせたりしないよう、人を通じて念入りに示し合わせた上での見合いである。何度も続けて断られるなど、あってはならないことだった。

原因は例の美人画しか考えられなかった。名高い美人四姉妹の長女・音夢に期待を膨らませた男たちは、本人の凡庸な容姿を見た途端に失望してしまうのだろう。

とにかく、これ以上は見合いなどさせられないと考えた藤右衛門は、音夢に婿を迎える決心をした。

元々染井屋では、幼い頃に病弱だった末娘の小菊《こぎく》に婿を取り、店を継がせると決めていた。それを改めて長女の音夢に店を残そうというのだ。

婿はお店の中から見込みのある者を選ぶこととなり、白羽の矢が立ったのが手代の幸助《こうすけ》だった。

団子に目鼻をくっ付けたような顔の手代が、すこぶる真面目で仕事ぶりが良いことは音夢も知っていた。今さら自分を嫁に欲しがる商家がないということも。

音夢と幸助の婚礼は霜月の十日と決まった。

準備万端整って、いよいよ明日は祝言という日の朝、幸助が姿を消した。同時に小菊もいなくなった。あろうことか手に手を取って駆け落ちしたのだ。

「二人が密《ひそ》かに言い交わしていたことを、両親も、私も、一緒に暮らしていながら気付くことが出来ませんでした。小菊の置手紙を読んで初めて知ったのです」

大店の若旦那衆ばかりか、子飼いの使用人にまで逃げられてしまった音夢は、完全に立つ瀬を失ったのである。

＊

梅雨が明けると同時に夏の酷暑が始まった。

朝の診療を終え、簡単な昼飯をかき込んだ安眠は、灼《や》ける暑さにも構わず薬籠を提げて往診へ出かけた。

汗を滴らせて患者宅をまわる途中、桶《おけ》を担いで通りかかった水菓子売りから西瓜《すいか》を一切れ買い求める。

長屋の軒下を借りてかぶり付く果肉は生ぬるいが、喉の渇きだけは癒《いや》された。緑色の部分まで食い尽くし、薄っぺらい外皮一枚を手近な屑箱に投げ捨てて、再び炎天下を歩き出す。

内神田から昌平橋にさしかかった所で、橋の向こう側から来た男に呼び止められた。

「これはこれは。蒼一郎坊《ぼっ》ちゃんではございませんか」

身の丈六尺の大男、しかも禿頭《とくとう》で作務衣姿の男を、坊さんではなく坊ちゃん呼ばわりする者は限られている。

「久しぶりだな源蔵《げんぞう》——いや、奈良屋《ならや》の旦那」

「止《よ》してください。昔通りに源蔵と呼んでくださらないと困ります」

壮年の男は、慇懃《いんぎん》な態度の中にも親しみを込めて言った。

「こんな所で出会うとは、さては寛永寺のご用かい」

筆や墨などを扱う奈良屋にとって、寺は良い得意先である。

「いえ、新しいお客さまに注文の品をお届けした帰りです。先日店まで来られて、極細の面相筆と隈取筆《くまどりふで》を所望されたのですが、生憎《あいにく》うちは画用の品揃えが少なくて」

「画用の筆か。だったら雉子町《きじちょう》に専門の店があっただろう」

仰《おっしゃ》る通りでございます、と源蔵は腰を屈めた。

「そちらへ行けば即日手に入るとお教えしたのですが、数日遅れても構わないからうちで仕入れて欲しいと仰るので、お取り寄せした次第です」

実直な仕事ぶりは、安眠の実家で番頭を務めていた頃と変わらない。しかし今は暖簾分けをされた店の主人である。暑い日盛りに自ら配達とは……。

「実は、お届け先が豪商の別邸だったのですよ」

源蔵は抜け目のない商人の顔で声をひそめた。

「湯島天神門前町の外れに、もと足軽長屋だった土地がありましてね。薬種問屋の宝来屋さんが買い取って二階家をお建てになったのです。奉公人の寮にでもするつもりだったのでしょうが、お気に召した若旦那が、ご自分の別宅として使っているそうです。なにしろ大層な粋人との噂があるお方でして」

いずれ宝来屋の主人となる若旦那と、今のうちに顔を繋《つな》いでおこうと勢い出向いた源蔵だが、残念ながら先方は不在だった。代わりに柄の良くない男たちが応対に出たという。

茶屋の前で見た若旦那の取り巻きだろうと安眠は推測した。

「ところで坊ちゃんは往診の途中でしたか」

安眠がぶら下げた薬籠に、ようやく源蔵が気付いた。

「ああ、あと一軒まわって終わりだ」

「それはとんだ長話でお邪魔をしてしまいました」

近いうちに旦那さまのお見舞いに伺いますと、丁寧に頭を下げて立ち去りかける後ろ姿を、ふと思い立った安眠が呼び止める。

「あんたの道楽は相変わらずなのかい」

藪《やぶ》から棒の質問だったが、源蔵は相好を崩して再び歩み寄った。

「勿論《もちろん》ですとも。私にとって唯ひとつの楽しみですよ」

源蔵の道楽とは錦絵の収集だった。雇われ番頭の時代から、僅《わず》かな銭を貯《た》めては気に入った絵を買い集めていたのである。

「思うところあって染井屋四姉妹の錦絵とやらを見てみたい。三年ばかり前に流行《はや》った連作中の一枚らしいが、持っているなら貸してもらえんか」

途端に源蔵は渋い顔をした。

「西峰堂《さいほうどう》の出した連作ものなら全て揃えておりますし、染井屋四姉妹もあるにはあります。ですが、お貸し出しは出来ません」

安眠は驚いた。忠節一筋だった元番頭に頼みごとを断られたのは初めてだ。それもたかだか錦絵一枚のことで。

「いかな蒼一郎坊ちゃんのご依頼でも、これはいけません」

憮然《ぶぜん》とする旧主家の息子に、源蔵は次のように言い聞かせた。

近年、錦絵や肉筆画の類が、愛好家たちによって高値で売買されている。たとえ高価なものでなくとも、蒐集家《しゅうしゅうか》にとっては買い集めた絵の一枚一枚が大切な宝物である。宝物を見て楽しむのは、それを所有する者だけに許された特権と言ってよい。大っぴらに所蔵品を見せびらかす者も中にはいるが、苦労して手に入れた希少な絵や愛着のある作品を、値打ちの分からない門外漢に触らせないのは勿論、同好の士に見せることすら嫌う者は多い。ましてや素人相手に貸し出しなどして、大切な絵を損なう結果になったら取り返しがつかないではないか。

「うーん、そこまで愛着があるとは知らなかった」

安眠は自分の拙《つたな》さを詫《わ》びた。

「いやこれは失礼を申しました。しかしながら、この手の道楽は奥が深い分、業も深くなるのでございますよ」

含羞《がんしゅう》の表情を浮かべる源蔵に妻女はいない。お堅い店主として一日の仕事を終えた五十男は、画帖《がちょう》に綴《と》じた美人画を眺めて何を思うのだろう。

「お貸しするわけにはまいりませんが、蒼一郎坊ちゃんでしたら、店にお出《い》でいただければ何時でも喜んでお見せいたします」

源蔵は態度を和らげて言った。

「是非お越しくださいまし。お若い坊ちゃんには目の毒に、いえ、目の正月になる秘蔵品も色々ございますから」

少しばかり品の悪い含み笑いを残し、源蔵は内神田方面へと立ち去って行った。

「目の正月ときたか……」

助平親父《おやじ》めと呟きながら、安眠も次の患者の元へと向かった。


まだ歩けない庄吉を往診して治療所へ戻ると、勝手に上がり込んでいた痩《や》せた男と大頭の老人が安眠を出迎えた。

「よう、お疲れさん」

「来ていたのか、省吾」

伊東省吾は羽織を着ていなかった。定町廻り同心の証《あか》しである朱房《しゅぶさ》の十手も、大小の刀も見当たらない。

「また調子を崩したか」

「うむ、少し」

伊東は自分の鳩尾《みぞおち》の下あたりをさすった。

腹下しで有名な伊東だが、胃の腑《ふ》の具合も時々悪くなった。食欲が落ちてくると、骨と皮ばかりになる前に安眠の治療を受けに来るのだ。

「今年は梅雨が長かったからな。お前は極端な脾虚体質だ。脾は湿の邪気に弱い」

脾が虚したとき、その症状は胃に現れることが多い。胃が熱を持ったり、逆に冷えたりするのだが、伊東の場合は胃の冷えから下痢《げり》を繰り返してしまう。

安眠が薬籠の中から鍼と艾《もぐさ》を取り出す間に、伊東は着物を脱いで仰《あお》向《む》けに寝転んだ。

「瓢兵衛さん。悪いが火を貸してもらえるかい」

「よしきた」

老人は快く立ち上がって出て行った。自分で煮炊きをしない安眠は、急な火種が入り用な時には隣家の瓢兵衛に借りるのが常だ。

治療の要《かなめ》となる手足のツボに鍼を打ち終えた頃、老人が戻って来た。

「ほら、これを使うといい」

差し出された小皿の上で蠟燭の炎が揺れている。短くなった百匁蠟燭を、火種の持ち運び用として使っているのだ。

「ここのとこ、忙しかったのか」

蠟燭の火を線香に移した安眠は、艾を小さく捻り始めた。

「そうでもない。梅雨の間は暇だった」

臍《へそ》の上下左右に艾を乗せられた伊東が、眼を閉じて答える。

「暇なものだから、前々から気になっていた絵師の赤麻呂の探索をやり直すことにした。版元が礼金を倍にするから探してくれとせっつくし、最近になって赤麻呂に似た男を見たと名乗り出た者があってな」

「ほう……」

艾に線香で火をつけ、燃え尽きた灰の上に新しく捻った艾を置いては、また火をつける。忙しく手を動かす一方で、安眠の頭の中も目まぐるしく動いた。

「どの辺りで目撃された」

「湯島天神の門前町だ」

「ほうほう」

声に滲んだ愉色を聞き分け、伊東が細い目を開ける。

「お前、何か知っているなら教えろ」

「話は灸が終わってからだ」

しばらく安眠は治療に集中した。

仕上げに足三里《あしさんり》へ灸を据え、脈を確かめる。それから暑い時期でも冷や水は飲まないように一言注意を付け加えた。

「分かった。それより、さっきの話の続きだ」

「しょうがないな」

安眠が話したのは、音夢と庵主を伴って湯島天神下の茶屋へ出かけた際に遭遇した事件だった。宝来屋の若旦那が石をぶつけられた一件だ。あの時、石を投げた娘の口から飛び出した言葉が、ずっと心に引っかかっていたのだ。

『あの絵と一緒に燃えちまえばいいんだ』

『あんたのせいで枕を高くして眠れない娘が何人いると思ってるんだいっ』

石を握り締める娘の目には憎悪と悲しみが宿っていた。

「絵と一緒に燃えちまえ、か……。穏やかではないが、お前はその娘と宝来屋の若旦那が、赤麻呂に関係していると言いたいのか。江戸の絵師は赤麻呂一人じゃないぞ」

「分かってるさ」

腕組みをした安眠は、次に奈良屋の源蔵から聞いたばかりの話を伊東に聞かせた。新しい客の注文で取り寄せた画用の筆を、宝来屋の別邸に届けたくだりである。

「奈良屋は書道具を扱う店だ。絵筆なら画道具の店へ行けばいくらでも買える。本職の画工が使うような筆を欲しがる者なら知っていて当然だ。それをわざわざ奈良屋に注文するということは、画道具の店へは行けないわけがあるのではないか」

「その客というのが……」

「案外、赤麻呂本人かもしれんぞ」

何らかの理由で行方をくらました赤麻呂が、顔を知られている店を避けたのではないかということだ。

うーん、と伊東は唸《うな》った。

「とにかく、そっちは俺がもう一度源蔵に確かめる。お前は娘の言い分を聞いてみろ。どんな事情で石を投げたのかを調べた上でないと、いきなり宝来屋に探りを入れるのは不味《まず》かろう」

またしても伊東は唸った。

お大尽の宝来屋ともなると、奉行所への付け届けの額も大きい。軽率な行動をとれば上役から大目玉を喰《く》らうことになる。

「話を聞くのはいいとして、どこの娘か見当はついているのだろうな」

「知らん。それを探すのがお前の仕事だ」

伊東は頭を抱えた。また胃の腑が悪くなるかもしれない。

「お音夢さんに聞いてごらん」

いきなり横から入り込んだ声に、安眠も伊東もぎょっとした。隣の隠居の存在をすっかり忘れていたのだ。

部屋の隅につくねんと座った瓢兵衛は、面白そうに二人の顔を代わる代わる見やりながら言った。

「若い娘同士なら、互いの顔やら何やらにまで目が届くものさ。特にお音夢さんは目端の利く娘さんだからね」

これには伊東も納得した。

「成程、今日のうちに染井屋を訪ねてみよう」

今から八丁堀の役宅に戻って出直したとしても、日暮れには間に合う時刻だった。

そのまま土間へ降りようとする背中に、安眠が声をかける。

「たまには治療代を置いて行けよ」

「そのうちまとめて払ってやるさ」

嘯《うそぶ》いた伊東は着物の袂に手を入れた。銭を払うのかと思いきや、折りたたんだ紙を取り出し、上《あ》がり框《がまち》の上に置く。

「今日はこれで勘弁しろ」

そう言い残して出て行ってしまった。

「ちっ、吝《しわ》い野郎だ」

舌打ちする安眠も、三十俵二人扶持《ぶち》の定町廻り同心が、決して豊かな暮らし向きでないことくらい承知していた。過分な心づけを商家に強要することもない伊東の清廉な仕事ぶりも耳にしている。

（あいつ、何を置いて行きやがった）

残された紙を手に取って広げた安眠は、思わず声を上げた。

「こいつは――」

色刷りも鮮やかなそれは、四人の娘を描いた錦絵だった。

「赤麻呂の〈染井屋四姉妹〉だよ。まったく見事なものさね」

まだ部屋の隅に居座っていた瓢兵衛が、にんまりと笑った。

無言で畳の上に座した安眠は、思いがけなく手に入った四姉妹の絵に見入った。

若手絵師・赤麻呂の出世作は構図からして個性的だった。ありふれた美人画のように、人物の顔を中心に据えて描くのではなく、巧みな遠近法を用いて画面奥から順に姉妹が配置されていた。

一番手前に描かれているのは、当時まだ十四歳だった末娘の小菊である。髪を幼女のような桃割れに結い、地面に屈んで可憐《かれん》な白菊を摘んでいる。

画面の左側で菖蒲《しょうぶ》の花咲く水辺に佇むのは三女の綾女だ。美人姉妹の中でも際立って美しい娘で、わざと崩した髷の形や、八丈縞《はちじょうじま》の着物と細帯の取り合わせが小憎らしいほど粋《いき》である。

その隣で縁台に座っている次女の皐月は、顎骨《あごぼね》のしっかりした威厳のある顔立ちをしていた。白と薄紫が混ざり合う皐月の花を背景とする姿は、どこか観音菩薩《ぼさつ》像を思わせる。

そして最後が長女の音夢だった。画面の最奥に立ち姿で描かれているため、顔の詳細ははっきりしない。それでも、手を添えた大木からこぼれ落ちる薄紅色の花を、降りしきる雨のようにその身に受けるのは、確かに自分の見知っている娘だった。

「お音夢さんの名前は、ねむの花からとったものだったのか」

安眠はようやく気付いた。

ねむの木は夏に糸状の花を咲かせる。日が暮れると葉を閉じる習性から眠り木とも

「四姉妹を産んだ女将さんの実家というのが、染井村でも指折りの植木農家でね。お爺さんが自分の丹精込めて育てた花の名前を、可愛《かわい》い孫娘たちにつけたそうだ。——ところで先生」

伊東から仕入れたばかりの話を伝えて、瓢兵衛が訊ねた。

「その絵はどうなさるね」

返す必要はないと伊東は言ったらしい。三年前に染井屋が配ったものがたまたま自分の手元に残っていただけだからと。

「俺はもう十分だ。瓢兵衛さんが持っていてくれ」

隠居は喜んで錦絵を持ち帰ったが、安眠は紙に描かれた美人より、自分の元へ治療に通う生身の娘の病が気になった。

(皮肉なものだ。眠り木の名をもらった娘が不眠の病を患うとは……)

梅雨明けの今頃は、ねむの花が咲き始める時期だった。

明日は音夢が橘庵にやって来る。

同じ日の夕方。

呼ばれている。

染井屋は店仕舞《じま》いの時刻を前に、駆け込みでやって来る客への応対に追われていた。店表で始まった押し問答の声を聞きつけ、音夢は繕い物をしていた手を止めた。どうやら自分に用があって訪れた客が、上女中に取り次ぎを拒まれているらしい。訪問客が八丁堀の同心であると気付き、急いで自室から店表へと駆けつける。

「いいのよ、伊東さまは大丈夫なの。奥へお通しして頂戴《ちょうだい》」

美神堂で声をかけられた時には取り乱したが、鍼医者と親しい間柄だと知れれば向かい合うことに恐れはない。

音夢の一声で、ようやく伊東は座敷へ通ることを許された。

染井屋で働く人々は、明るくて思《おも》い遣《や》りのある音夢の人柄を好いている。とかく人目を避けたがるお嬢さまを守ろうと、皆が気を配っているのだ。

一旦《いったん》自室へ戻り、大店の娘らしく身仕舞いを整えた音夢は、改めて奥座敷で待つ同心に面会した。

「宝来屋の国松さんに石を投げた娘、ですか」

伊東は渋茶をすすって頷いた。

「会って事情を聞きたいのだが、どこの誰かも分からない。朴念仁《ぼくねんじん》の安眠先生は何も記憶にないそうだが、お音夢さんなら娘の顔なり何なりを覚えているのではないかと思ってな」

ああ、それだったら、と音夢はすぐに話し始めた。

「縞の着物を着ていました。濃い赤と緑の有平縞《あるへいじま》です」

有平縞とは古渡り更紗《さらさ》を模して作られた柄のひとつで、太い線の両側に細線を配したものだ。人目を引く配色と相まって江戸の通人たちに好まれている。

「ふむ、有平縞だな」

伊東が矢立と紙を取り出して書きつける。

「帯は無地の濃鼠《こいねず》色で、帯と同じ色の前掛けをつけていました。前掛けの片隅に染め抜きの模様があったのですが……」

音夢は視線を天井へ向けて少し考えた。

「遠目には、千鳥の模様のように見えました」

「そうか、千鳥か」

娘の洒落た着物は、おそらく店のお仕着せである。前掛けの模様は、奉公先を辿るのに良い手掛かりとなるだろう。

「すごいな、お音夢さん。よく気が付いたものだ」

伊東は感心することしきりだったが、染井屋は古着を扱う古手《ふるて》問屋である。着物の品定めをする大人たちを見て育った身であれば、他人の身なりに目が届くのは当然のことであった。

「で、面相の方はどうだ」

残念ながら、こちらはほとんど記憶になかった。顎の先に幾つか黒子《ほくろ》らしきものがあった気がするが、道端の泥がはねただけかもしれなかった。

「いや、これだけでも十分だ。助かった」

満足げな伊東を送り出し、音夢は自室に戻った。

座り直して繕いかけの着物を手にしたものの、すでに暮れ六つ時が近く、針を持つ明るさではなかった。

いっそ橘庵へ行く支度でもしておこうと立ち上がり、巾着袋を開ける。中に懐紙と手拭いを入れ、簞笥の引き出しから簪を取り出そうとしたところで、はたと手が止まった。

(いけない。鼈甲の簪にひびが入ったままだったわ)

美神堂の縁台から慌てて立ち上がった際、地面に滑り落ちた簪を踏んでしまった。折れはしなかったが、脚の部分に大きな亀裂《きれつ》が入っていた。鼈甲は直しが利くので、後で小間物屋へ持って行かせようと思い、そのまま忘れてしまっていた。

今は女中たちも忙しい時間帯である。外出用にはもう一本、銀細工の簪があるので急ぐ必要はないのだが……。

（自分で行けばいいじゃないの）

頭の中でもう一人の自分がささやいた。

（すぐそこよ。行けないはずがないでしょう）

小間物屋は隣の家だ。でも、その僅かな距離がとてつもなく遠い旅路に思われる。

（自分が生まれて育った町よ。歩けないなんて変だわ）

縁側から裏庭へ降り、勝手口へとまわる。そろりと扉を押し開け、外の横道をうかがえば、うまい具合に人通りはない。

（大丈夫。隣の小母さんは良い人よ）

自分の声に励まされ、音夢は思い切って外へ飛び出した。横道から表通りへ出れば、小間物屋の店先はすぐそこだ。

小走りに角を曲がり、そのままの勢いで店に飛び込むと、奥の上がり框に腰掛ける二人の女性の姿が目に入った。

「あ……」

音夢は立《た》ち竦《すく》んだ。一人は子供の頃から可愛がってくれた小間物屋の女将だが、もう一人は口さがないことで有名な油問屋の女将だった。

「おや」

油問屋の女将は、音夢を見て嬉《うれ》しげな声を上げた。壁の穴に隠れている子鼠《こねずみ》を見つけた猫そっくりの顔をして。

『なんと、お音夢さんじゃないか。小間物屋にお出ましとは、また性懲りもなくお見合いかね』

現実には言葉をかけた者などいなかった。音夢が後をも見ずに店を飛び出したからだ。

呼び止める声を背中で聞いた気がしたが、そのまま染井屋の勝手口へ逃げ込んでしまった。

その夜は、布団に入ってすぐ妖怪百目がやって来た。障子の向こう側から無言で音夢を見詰める目は、明け方まで消えることはなかった。

＊

季節は夏の盛りだった。

橘庵の庭先で駕籠から降り立つと、耳を塞ぎたくなるほど喧《やかま》しい蝉の声が、音夢の頭の上に降り注いだ。

折よく治療所を出た安眠が、角を曲がってこちらへ歩いて来るところだった。

まだ少しの距離を残して挨拶する音夢に、安眠も何ごとか言葉をかける。

互いの発した声は、ここを先途と鳴き騒ぐ蟬たちの声にかき消され、聞き取ることが出来なかった。

ひんやりと静かな橘庵の堂内に入るや否や、安眠が訊ねた。

「顔色が冴《さ》えんな。気分が悪いのか」

衝立屛風の陰で待っていた庵主に一礼した音夢は、支度をしながら昨日の外出について打ち明けた。不甲斐《ふがい》ない結果に終わったが、今の自分にとって精一杯の試みだったことを安眠に知って欲しかったのだ。

「ふーむ、そうだったのかい」

一通りの話を聞き終えた安眠は、得心した顔で頷いたきり、特別の反応を示さなかった。患者用の敷布団の脇に位置取って、いつも通りに治療を進めようとする。

期待していた言葉が得られそうもないと察した音夢は、自分でも驚くほどがっかりした。

元から下がり気味の眦《まなじり》が、いかにも悲しげに下がってゆくのを見かねたか、一緒に話を聞いていた庵主が、白布に覆われた肩を優しく叩いて言った。

「よく頑張りましたね、お音夢さん」

何の話か分からない安眠が、怪訝《けげん》そうに顔を上げる。

「半年以上もご近所を歩いていなかったのでしょう。自分から家を出てお隣の店まで行くなんて、とても勇気のいることですよ。そうですね、安眠先生」

庵主は患者を挟んで向かい側に座る男を上目づかいに見た。いつになく怖い眼差《まなざ》しで。

「あ。ああ、そうだな」

ごほんと咳払いをひとつ差し挟み、安眠が付け加える。

「大した進歩だと思うぞ。たまさか気が昂《たか》ぶって眠れなかったとしても案ずるな。病状は良くなっているのだから」

音夢は薄《うっす》らと涙ぐんだ。

僅かなことであっても努力を認めてもらえただけで、胸の奥がじんわり温かくなるのを感じた。

(私、誰かに褒めてもらいたかったんだ)

その誰かが安眠なら尚《なお》のこと嬉しい。

手足に刺入された鍼先から、新たな勇気が身体に流れ込んで満ちるのを音夢は感じたのだった。

治療が終わる頃、橘庵の外で誰かが階を登る気配があった。

いち早く気付いた庵主が滑らかな動作で応対に出て行き、最後の脈診が終わるのを見計らって衝立屏風の内側に戻る。

「伊東さまがお待ちです。安眠先生と、お音夢さんにもお会いしたいそうですよ」

「あいつ、何か摑んだな」

入れ替わりに安眠が出て行き、庵主は音夢の着つけを手伝った。

衣桁に掛けられた着物は、浅葱《あさぎ》に白の小花をちりばめた涼しげな単《ひとえ》で、細帯は鉄紺と京紫の両面使いである。

「女らしい柄の着物ですね。たまには帯結びを変えてみませんか」

音夢が返事をするより先に、庵主は手に取った帯を勝手に回して結び始めた。

「前々から気になっていたのです。お音夢さんには違う結び方が似合うのではないかと」

治療に訪れる時の音夢は、必ず帯を〈貝の口〉に結んでいるが、元々男結びでもある貝の口は、粋で勝気な娘が好むものだ。

「さあ、これで如何《いかが》です」

肩越しに見る限り、庵主が仕上げたのは、蝶《ちょう》が大きく翅《はね》を広げたような文庫の変わり結びだった。

　音夢は頬を赤くした。

「とても素敵ですけど、少し可愛らし過ぎやしませんか。だって私、もう二十一なので……」

「まあ、たったの二十一じゃありませんか」

　ほがらかな声で庵主が笑った。

　二十歳を過ぎれば年増《としま》と呼ばれる世の風潮など、この年齢不詳の尼僧にとっては一顧だに価しない問題なのだろう。

　本当は音夢も可愛い帯結びが好きだ。そんなことだから幾つになっても子供っぽいのだと、手習い所の仲間に笑われたことがあり、以来少しでも大人に見られるよう貝の口に結んでいた。

「とても良くお似合いですよ」

「ありがとうございます」

背伸びをしても、自分に似合わなければ意味はない。もう貝の口はやめようと音夢は心に決めた。

身支度を済ませて堂宇の外に出ると、縁側に安眠と伊東が並んで座っていた。

「やあ、お音夢さん。昨日は済まなかったな」

きちんと正座した伊東が顔を振り向けて言った。

「お役に立てましたでしょうか」

「大いに役立った」

「これから石を投げた娘に会いに行くそうだ」

片膝を立てて座った安眠が話を引き取る。

「俺は少し付き合ってやるのだが、お音夢さんも一緒に来てもらえんかな。あんたの記憶の方があてになりそうだし」

「分かりました。ご一緒します」

あの時の娘なら確実に見分ける自信があった。

庵主に見送られ、三人で橘庵を後にした。

向かうは不忍池である。

「まずいよな、染井屋のお嬢さんをこんな所へ連れて来るなんて」

雑踏の中を歩きながら、伊東はしきりに額の汗を拭った。

三人がやって来たのは、不忍池に浮かぶ弁天島だった。島へと渡る参道には店がずらりと軒を連ね、そのほとんどが出合い茶屋である。

(これが噂に聞いた出合い茶屋なんだわ)

音夢は両側の店を物珍しげに見比べながら歩いていた。

男女の逢引《あいび》きの場として使われる出合い茶屋は、上野界隈においては池之端《いけのはた》を中心に密集し、その数たるや大小合わせて数百軒にも及ぶ。

伊東配下の岡っ引きが探し当てたという娘は、そこそこに客筋が良いとされる千鳥《ちどり》屋《や》で働く女中であった。

「お、あれだ」

伊東が目で示したのは、弁天堂のすぐ手前の店だった。濃鼠色の暖簾に千鳥の模様と屋号が白く染め抜かれている。

一旦店の前を通り過ぎ、弁財天にお参りするふりをして様子をうかがっていると、千鳥屋の隣の店の出入り口から箒《ほうき》を持った娘が出て来た。今日は前掛けを付けていないが、着物も帯も、顎の先に散らばった黒子も、音夢が覚えていた通りである。

「あの子です。間違いありません。けど……」

娘が隣の店から出て来たことが、音夢には不思議だった。

気の利いた出合い茶屋では、人目を憚《はばか》る男女が密会し易《やす》いように、出入り口を別に設けることがある。表向きは隣り合った二軒でも、中へ入れば同じ店なのだ。

「当人だとわかれば十分だ。有り難う」

堅く育てられた娘に、後ろ暗いカラクリなど教えるに及ばない。

伊東は背後に立つ友人を見た。

「お音夢さんを頼む。俺はあの娘を梅花堂へ連れて行く」

安眠が黙って頷き、音夢の肩を叩く。

「橘庵まで送ろう」

「――はい」

音夢は大人しく安眠の後ろに続いた。

あの娘がどうして宝来屋の国松に石を投げたのか、知りたくないと言えば嘘《うそ》になる。さりながら享楽の街で奉公する娘の事情に、自分のような世間知らずが首を突っ込んではいけないことくらい、音夢もわきまえていた。

参道を引き返し、二人は並んで池の岸辺に立った。

対岸にかけて続く池之端仲町《なかちょう》には、お茶屋や料亭ばかりでなく、すし屋、煮売り屋など大衆向けの屋台が所狭しと出店し、香具師《やし》の興行する小屋まで掛かっている。行き来する人の数は夕方が近付くにつれて増えてゆくようだ。

「あ、鐘が――」

池の水面《みなも》に寛永寺の鐘が響き渡った。仕事熱心な駕籠かきは、七つの鐘が鳴り終わるとじきに橘庵へ駆けつける。

「急ごう」

安眠が走り出した。

作務衣に雪駄《せった》履《ば》きの大男に置いて行かれまいと、懸命に走る音夢の下駄が石を踏んでよろける。

「おっと、いけねぇ」

気付いた安眠が急いで引き返し、音夢の手を取って走り出した。今度は女の足に合わせた速さで。

下谷《したや》広小路《ひろこうじ》から御成《おな》り街道へ、手を引かれて走りながら、音夢は不思議な気持ちになった。

「見ろよ、寛永寺の坊さんが女と逃げてやがる」

「粋な生臭坊主じゃねぇか。よっ、ご両人！」

勘違いした人々が揶揄《やゆ》する声すら心を舞い上がらせる。

いつしか音夢の顔には笑みが浮かんでいた。

熱い向かい風に頬をなぶらせ、橘庵までの道のりを笑顔のままで走り通した。


小半時ばかりが過ぎた。

安眠が湯島天神の階段下へ駆けつけると、前に一悶着《ひともんちやく》起こった茶店の前の小道を、老夫婦が幼児二人を連れて歩いていた。孫に梅花餅を食べさせてやるのだろう。興奮してはしゃぎ回る幼子たちの頭を軽く撫《な》でながら、先に安眠が店の暖簾をくぐる。

わけ知り顔の店主に案内された奥の小座敷では、こちらを向いて腕を組む伊東と、横顔をうつむかせた若い娘が無言で座っていた。

「お音夢さんは間に合ったのか」

向かい合って腰を下ろした安眠に、開口一番伊東が訊ねた。

「問題ない。とうに帰したよ」

そうか、と、軽く息を吐いた伊東は、安眠の前に茶と焼き餅が揃うのを待って、自分の湯呑を持ち上げた。

千鳥屋から連れて来られた娘は両手を膝の上で握り締め、餅をひと口で頬張る大男を横目にうかがっている。

冷めた煎茶を飲み干した伊東が、その様子を見て言った。

「さっきも話した通りだ。あんたが宝来屋の国松目がけて石を投げたところにこの男が居合わせた。人相風体までしっかり覚えられていたのだから白を切っても駄目だぞ」

「白を切るつもりなんてないです」

ようやく覚悟を決めたものか、それまでだんまりを通していた娘が口を開いた。

「あたしだって、出来ることなら誰かに聞いてもらいたかった。あの嫌ったらしい男のことを」

黒子の並んだ顎を高く持ち上げた表情に、娘の勝気な気性と秘めた怒りが表れていた。

娘の名前はおすえ。歳は十七。江戸近郊の貧しい百姓家の生まれである。少し前から千鳥屋で働き始めたばかりで、自分が石を投げた相手がどこのお店の若旦那なのかも知らない。だが、面識だけはあった。

ふた月ばかり前になる。身なりの良い男が村へ来て、若い娘のいる家を訪ね歩いた。お宅の娘さんを錦絵に描きたい。描かせてもらえるなら謝礼はするし、娘さんには綺麗な着物を持たせてお返しすると言って。

おすえの親は息子の嫁取りを翌月に控え、少しでも銭が欲しい時だった。遠からず奉公へ出すつもりの末娘にも、まともな着物を用意してやりたい。そんなこんなで、いかにも金回りの良さそうな男の申し出に乗ってしまった。

数日後、今度は遊び人風の男たちが迎えに来た。同行した村娘はおすえを入れて三人。連れて行かれた場所は定かでない。高輪《たかなわ》の大木戸を過ぎた辺りで駕籠に乗せられたからだ。

着いた先はまだ新しい木の香りが残る二階家で、女の髪結い師が待っていた。そこでおすえたちは、生まれて初めて髪を高々と島田に結い上げられ、薄めの白粉《おしろい》と紅を施された。

日が暮れる頃、先だって村へ来た身なりの良い男が到着した。

遊び人風の連中が若旦那と呼ぶ男は、化粧を終えた村娘たちをじっくり眺め、手始めにおすえを指名して着替えを命じた。若旦那が選んで寄越したのは、男物の腹掛けと幅広の股引《ももひき》、それに町火消《まちびけし》の用いる印半纏《しるしばんてん》だった。

豪華な大振袖《おおふりそで》を期待していたおすえは内心がっかりしたが、ここまで来て嫌とは言えない。火消の衣装を身に着け、指示されるがまま重ねた行李《こうり》に片足を乗せ、張りぼての纏《まとい》を高く掲げた。

その姿を、いつから居たのか分からない影の薄い男が下からすくい上げるような眼つきで見詰め、手早く紙に写し取った。

半時ほどで写生が終わり、今度は別の娘が入れ違いに部屋へ入った。こちらはおすえよりも酷《ひど》い恰好《かっこう》だった。素肌の上に着た着物の裾を大きく端折《はしょ》り、締め込みの尻を顕《あら》わにしていた。毛槍《けやり》を手にしているところから、大名行列の槍持ちの扮装《ふんそう》と察せられた。

次の間に戻ると、もう一人の娘の支度も済んでいた。呆《あき》れたことに熨斗目《のしめ》の着物と長裃《ながかみしも》をつけた武家装束姿で、大小二本の刀まで脇に置かれていた。

おすえたち村娘は、この後も様々な職種の男の扮装をした。

足掛け三日の滞在中、娘たちの食事や茶菓子には贅沢なものが出され、交代で眠ることも許された。若旦那と絵描きだけが、ほぼ休まず動き回っていた。

若旦那は山積みにされた行李の中から衣装を選び出しては娘たちにあてがった。絵描きに写し取らせる際には、小道具の持ち方や顔の向き、表情、足の位置取りまで細かく指示した。

一方の絵描きは血走った目で娘たちを見上げ、畳の上を這《は》いずり回って何枚もの写生画を描いた。墨を含ませる手間さえ惜しむのか、利き手に二本の筆を持った上に、さらに一本を口に咥《くわ》えていた。

夜になると灯《とも》される何本もの百匁蠟燭に囲まれ、奇妙な作業に没頭する二人の男には鬼気迫るものがあったという。

三日目の朝、次の間で眠り込んでいたおすえが目を覚ました時には、すでに若旦那の姿はなかった。そっと覗き見た隣の部屋で、絵師一人が色絵の具の小皿と写生画を床に並べ、黙々と筆を動かし続けていた。

おすえたちは再び駕籠に乗った。高輪の木戸の手前で降ろされ、今回のことは忘れるよう言い含められた上で、めいめいに着物が配られた。こればかりは女物の美しい小袖だった。

「それで、どうした」

飲み干した湯呑を手にしたまま伊東が訊ねた。

「どうもしやしませんよ。話はそれきりです」

おすえの顔は悔しげだった。

帰宅した娘たちは日常の暮らしに戻り、おすえは翌月に千鳥屋の下女中となった。

だが、あの一件を忘れ去ったわけではなかった。

「だって旦那、絵が残っているんですよ。妙ちきりんな恰好で、尻まで出したあたしらの絵が」

おすえは下唇を嚙《か》みしめた。

「親は銭を受け取ったし、綺麗な着物までもらいました。今さらどうしようもないのは分かってるんです。でも、もし、あれを目にしたやつと、ばったり道で出会ったら。あの絵の娘だと指差されたとしたら……」

そんな偶然がないとは言えない。江戸には奈良屋の源蔵のような粋人がごまんといるのだから。

「村に残った二人も同じです。ひどく気に病んで、自分たちも奉公に出たいけど、もう怖くて江戸には入れないって泣いてるんです。無理もないですよ、あたしだって怖いんだから」

気の強いおすえは、仲間たちを思い遣る矜持《きょうじ》をみせた。

「とにかく、あの絵を見たやつが近くにいるかもしれないって思うと落ち着かない。このまま何年経っても枕を高くして眠れないでしょうよ。だから池之端であの男を見かけた時、黙って見過ごしたりは出来なかった。こっそり後をつけながら石を拾って、思いっきりぶつけてやりました。いい気味です。でも……」

すべてを話し終わって気が抜けたのか、おすえはしょんぼりと肩を落とした。

「あたし、お縄になっちまうんですね」

膝の上で握り締めた拳にぽとり、涙が落ちる。

伊東はさめざめと泣き始めた娘に、今回は念のため話を聞いただけだから心配しなくて良いと告げた。またどこかで若旦那を見かけたとしても、決して短気を起こさないよう言い聞かせることも忘れなかった。

手を付ける余裕のなかった梅花餅は、甘いものが苦手な伊東の分も併せて竹皮に包ませた。小さな包みを大事そうに抱え、おすえは暮れなずむ天神下の小道を一人で帰って行った。

「可哀相《かわいそう》に」

その後ろ姿を障子の隙間から見送った安眠が呟いた。

貧しい親元を離れ、己の稼ぎで生きてゆこうとしている娘が、金持ち息子の道楽に巻き込まれて苦しむさまは忍びない。

「お音夢さんの不運の始まりも美人画だし、錦絵なんぞに関わるとロクなことにならん」

しかも、どちらの件にも宝来屋の国松が関係している。

「ところで赤麻呂らしき男の件はどうなった。自ら筆を買いにきたのかもしれないと言っていたようだが」

「無論、調べた」

安眠は昨日の晩に源蔵を訪ねていた。

生憎、奈良屋で絵筆を注文したという男は、頭巾で顔を隠していたので人相までは分からない。華奢《きゃしゃ》な体型と下からすくい上げる眼つきだけが、赤麻呂の特徴と似通っていた。

「そんな所だろうさ」

伊東は端から期待していなかったと言いたげである。

馬鹿にするなと、安眠が口を尖《とが》らせた。

「他にも耳寄りな話を聞いたぞ」

「ほう、どんな」

「そもそも、なぜ版元が躍起になって赤麻呂の行方を捜しているのか、お前知っているのか」

うっ、と伊東は短く唸った。

錦絵の版元である西峰堂は、赤麻呂を探し出してくれたら、当初の約束の銀二分にもう二分の上乗せをする、つまり金一両を払うと言っている。

錦絵師としての赤麻呂は、染井屋四姉妹を描いた直後こそ話題になったものの、その後は徐々に注文が減り、この二年ほど大きな仕事はしていなかった。干された理由ははっきりしている。赤麻呂の用いる構図は常に斬新《ざんしん》で人物の描写もアクが強い。際立った個性が悪趣味と見なされ、一般に受け入れられなかったのだ。

何故《なぜ》その赤麻呂を、金を払ってでも探してくれと言うのか。

「春画だ」

源蔵から仕入れた話だと前置きした上で、安眠は伊東の耳元にささやいた。

「やつは春画の世界で大勢の贔屓筋《ひいきすじ》を得ていたんだ」

男女の交合を主題とした春画は、度々お上の規制がかかることもあり、美人画のように大っぴらに売ることは出来ない。しかしその売り上げは版元にとって貴重な収入源となっていた。中でも赤麻呂の描く春画は、他の絵師では真似《まね》の出来ない味わいがあり、その肉筆画ともなれば、好事家《こうずか》の間で一枚につき数両の値がつくこともあるという。

「格調高い錦絵には不向きな画風だったが、同じアクの強さが春画となった途端に大うけしたらしい」

「よく分からん世界だ。それにしても版元のやつ……」

伊東は舌打ちした。金のなる木の捜索に、礼金一両とは足元を見られたものだ。

「ついでに聞いたのだが、宝来屋の国松も、そっちの世界では知られた存在らしいぞ。昨年あたりから赤麻呂の絵に目をつけて、作品を買い漁《あさ》っていたそうだ」

「もういい。不味いもので腹を満たした気分だ」

胃の腑を手で押さえて伊東が呻《うめ》いた。

「明日は版元に会って、礼金を少なくとも倍額にさせる。赤麻呂のやつを引っ張り出すのはそれからだ」

細々とした疑問は残っているが、あとは本人の口から聞くのが早道だった。

「宝来屋の別邸とやらに踏み込むなら、俺が同行してやろう」

安眠は口の片端を吊《つ》り上げた。

「いらん。俺一人で十分だ」

「まあ、そう言うな。礼金は山分けといこう」

再び舌を打ち鳴らす伊東を残し、安眠は梅花堂を後にした。

日没の気配を察した蜩《ひぐらし》が、天神の森で鳴き始めていた。

＊

次の治療を翌日に控えた朝。

音夢は縁側に座布団を敷き、店の品を繕っていた。

古手問屋である染井屋には、江戸中から中古の着物が集められる。そのまま卸す場合もあるが、染井屋で扱うものの半数は、洗い張りや染み抜き、繕い等を施した品だ。

父親は大店の主《あるじ》となった今でも自ら古着の仕分けを行い、母親は内職に出した繕い物の仕上がりを念入りに確かめて、気になるところは自分で縫い直している。

毎日忙しい両親が娘の病を心配し、気遣ってくれることが音夢には心苦しかった。ともすれば自分よりやつれて見える父母のためにも、早く本復しなくてはならない。

日が少し高くなった頃、音夢は手を止めて立ち上がり、箪笥の引き出しから簪を取り出した。ひびが入ったままの鼈甲の簪だ。

今日こそは隣の小間物屋へ持って行こうと決めていた。

縁の下に用意してあった下駄を履き、勝手口から外へ出て横道を抜ける。表通りには染井屋の常連客も行き来しているはずだが覚悟の上だ。誰に顔を見られても取り乱さないよう自分に言い聞かせ、ついに小間物屋の店先に立った。

「ごめんください」

軽く息を吸い込んで暖簾をくぐる。

「お音夢ちゃん！」

小僧に何やら注意していた女将が、こちらを見て飛び上がった。

「先日は失礼しました。この鼈甲の簪を直して頂けないかと思ってうかがったんです」

「まあ、そうだったのね」

音夢よりひと回り年長の女将は、泣き笑いのような表情を浮かべて店の小僧を追い払った。それから改めて簪を受け取り、傷の具合を確かめる。

「大きなひび割れだけど、これなら直せるわ。明日にも鼈甲職人が立ち寄ることになっているから渡しておきましょう」

「お願いします」

音夢は一仕事終えた気分で胸を撫で下ろした。終わってみれば何のことはない、実に簡単なやりとりであった。

それではと小腰を屈めて戻りかけた音夢を、ためらいがちに女将が呼び止める。

「あっ、あのね」

「先だっての夕方のことだけど、お初《はつ》さんがえらく気にしてね」

お初さんとは油問屋の女将の名前だ。やはり自分の近況を聞き出して、面白おかしく世間に吹聴するつもりだったのか。

思わず眉根を寄せた音夢の想像を、小間物屋の女将が手を振って打ち消した。

「違うの。そうじゃなくて、お初さんは済まながっているのよ。自分のようなお喋りが居合わせたものだから、お音夢さんが恐れをなして帰っちまった。せっかくここまで出て来たのに、なんと間の悪い、気の毒なことをしたって」

油問屋の女将は、自分の口さがないところが近所の娘たちから煙たがられていると承知していた。

「とにかく、こうして店まで来てくれたなんて嬉しいわ。あんたが不運続きで元気をなくし始めた頃は、外で見かけると、つい目で追ってしまったものだけど」

「目で……」

簪に入ったひびを指先で撫でながら、女将は語った。

「近所の人たちもみんな同じ気持ちだったと思う。自分たちが手を貸してやれる問題じゃなし、せめて遠くからでも見守ってやりたいって。だけど、あんたは家の中に引っ込んじまった……」

音夢は長い夢から覚めた気がした。

帰り道に照りつける夏の日差しが、ことさら眩しかった。


とっぷりと夜が更け、盛り場の提灯《ちょうちん》さえ消え始める頃。

治療所の奥の間で横になっていた安眠は、表側の障子戸を軽く叩く音に身を起こした。

作務衣を着て外へ出ると、戸の前に伊東のひょろりとした姿があった。脇差だけを帯に挟み、いつもの黒羽織と十手は身に着けていない。

「その恰好で良いのか」

細い目を一層細くした伊東が、手ぶらの安眠に問い返した。

「お前は、どうする」

「俺か」

辺りを見回し、戸の横に立てかけてあった番傘を取り上げる。

「俺はこいつで十分だ」

「では行こう」

二人は並んで歩き出した。

提灯を持つ必要もない月明かりの下、湯島聖堂の裏道を抜け、御家来屋敷や中間《ちゅうげん》屋敷が多い地域へ足を踏み入れる。

それぞれの屋敷が広い庭を有する武家地は、夜になると人足が絶えて静かなものだ。どこかの中間屋敷で賭場《とば》でも開かれているのか、静けさの隙をついて人の騒ぐ声が遠く聞こえた。

やがて武家屋敷と町人地が複雑に入り混じる坂の上に、湯島天神の門前町が見えてきた。

「あれか」

安眠が顎で示したのは、まだ新しい二階家だ。

伊東が頷き、手近な屋敷の板塀に身を寄せた。

「見張りに付けていた岡っ引きが知らせを寄越した。夕暮れ時に若い娘が男たちに連れられて中へ入り、夜には例の若旦那も着いたそうだ」

ふん、と安眠が鼻を鳴らした。

宝来屋の国松は性懲りもなく娘を見つくろい、絵師に奇妙な絵を描かせているらしい。

「で、どうするんだ」

今度は伊東が、ふふんと鼻を鳴らして言う。

「お仕置きでもしてやりたいところだが――」

今夜は御用の筋ではなかった。

絵を描く代償として、国松は娘たちの親に銭を払っている。当の娘には美味《うま》いものを食べさせ、約束通り着物も与えた。絵師の赤麻呂とて仕事を強制されているわけではないだろう。

「俺としては赤麻呂を引っ張り出せればそれでいい。やつには新しい連作の春画を描く予定があった。そっち方面のお得意さんを手放したくない版元は困ってやがるのさ」

「では正面から行くか」

並んで宝来屋別邸の正面に立つ。

「おい、開けろ」

いきなり伊東が戸を蹴《け》った。

「赤麻呂を迎えにきた。居るのは分かってるぞ。早く開けろ」

内側で人の走り回る音が聞こえる。

「誰だ、てめぇ――」

戸が開くと同時に、安眠が目の前の男を蹴り飛ばした。

ひっくり返ったのは、茶屋の前でおすえを捉まえようとした男だった。

「この野郎っ」

中へ踏み込んだ二人を、薄暗がりの中でもそれと知れる遊び人風の男たちが取り囲んだ。

「お前は二階へ行け」

安眠に促され、伊東が階段を駆け昇る。

「待ちやがれっ」

匕首《あいくち》を抜いて追いかけようとする男の小手を、安眠が番傘の先で打ち、返す手で木刀を構えていた別の男の横腰を払った。

ぎやっ、うわっ、と声を上げて二人の男が崩れ、床に落ちた匕首を安眠が拾い上げる。

「畜生っ、このクソ坊主が」

自分の得物《えもの》を取られた男が、手首を押さえて立ち上がった。

「クソ坊主で悪かったな。俺は生臭だぞ。いざとなったら殺生も厭《いと》わんが、それでも来るか」

ほれほれと、からかうように切っ先を向けられ、得物すら持っていない連中が後ろへ下がる。

匕首の男だけが足元に転がっていた木刀を拾って飛びかかった。

「くらえっ」

闇雲に振り降ろされた木刀は空を切り、背後へ回った安眠が男の背中を番傘で打ち据える。

右手一本の振りだったが、男はぐぅと呻いて伸びてしまった。

他の連中はやる気が失せたのか、階段を上がる安眠を追って来ようとはしなかった。

二階の支度部屋には山ほどの衣装が積み上げられていた。

唐辛子売りの恰好で震えている娘に、自分の着物に着替えて待つよう言い残すと、安眠は奥の部屋へ踏み込んだ。

襖が開け放された奥の間では、伊東が畳の上に散らばった写生画を拾い集めているところだった。

その足元で、茶筅髷《ちゃせんまげ》の貧相な男が、絵具皿や筆などの画道具を丁寧に風呂敷《ふろしき》に包んでまとめている。

「あんたが赤麻呂さんかい」

男はちらと上目づかいに安眠を見たが、すぐに興味を失ったのか、絵具皿を包む作業に戻ってしまった。

「こ、こんなことをして、ただで済むと思っているのか」

部屋の隅で戦慄《おのの》く声が上がった。

見れば若い男が足を投げ出して座っている。実際には座っているのではなく腰を抜かして立てないだけで、片方の頰に赤い手形がくっきりと残っていた。

（やはり赤麻呂を引っ張り出すだけでは物足りなかったか）

頰を押さえた国松は、恨みがましい眼つきで伊東を睨んだ。

「お前、奉行所の同心だろう。その顔には見覚えがあるぞ」

それがどうしたとばかりに、伊東の糸目が国松を見下ろす。

「お父っつぁんに言いつけてやる。宝来屋は北でも南でも奉行所には顔が利くんだ。お前みたいな木《こ》っ端《ぱ》役人くらいどうにでも出来るんだぞ」

「ほう、そうかい」

軽くいなした伊東は、拾い集めた紙の束を懐に入れ、赤麻呂に声をかけた。

「支度は出来たか」

「へい」

陰気な顔で絵師が頷く。

「お、おい、赤麻呂。わたしを見限るつもりなのかい」

画道具を入れた風呂敷を背負い、絵師は感情のこもらない声で国松に告げた。

「仕方ありませんや、若旦那。版元さんに不義理をしたのは事実です。戻って約束した仕事を済ませますよ」

「なんだとぉ」

国松の目が吊り上がった。

「お前も仕事が出来ないようにして欲しいのか。お、お父っつぁんに言いつけて――」

こいつ、もう片方の頬にも手形をつけてやろうかと、安眠が一歩前に踏み出したところで、伊東が空とぼけた声を上げた。

「おお、そうだ。ここへ来る前に宝来屋さんへ手紙を届けたのだった。そろそろ若旦那にお呼びがかかる頃じゃないかな」

「え、えっ。手紙だと。何を――」

途端に国松は狼狽え始めた。

「さあな。後でお父っつぁんに聞いてみな」

冷たく言い放ち、伊東は赤麻呂を促して部屋を出た。

安眠は支度部屋にいた娘を連れて行くことにした。今夜一晩だけ橘庵に預け、夜が明けてから送り出せばよいだろう。

階段を降りる手前で、赤麻呂が奥に向かって言った。

「若旦那、また面白い仕事がございましたら、義理を果たした後でお声をかけておくんなさい」

奥の間からは何の返答もなかった。

同じ日、夜半過ぎのことである。

床の中で浅い眠りについていた音夢は、小さな物音で目を覚ました。

薄目を開けて見たが、縁側の障子が月明かりに白々とするばかりで、風の渡る音も天井裏を走る鼠の足音も聞こえない。

(いいえ、気のせいじゃないわ)

物音だけでなく、いつもの視線も感じた。

こっちを見ている。縁側ではない。襖を隔てた隣の部屋だ。もう三人の妹たちは居ないのに。

これまでの音夢であれば、頭から布団を引っ被り、得体のしれない視線に怯《おび》えながら朝まで過ごすところだ。だが午前の外出で、小間物屋の女将に事実を教えられたばかりだった。

近隣の人々は自分を嘲笑《あざわら》ってなどいなかったのだ。中には面白がる者もいただろうが、幼い頃から音夢を知る大半の人々は、その身に降りかかった不運に心を痛め、気遣いの目を向けていた。

それなら今、自分の部屋で感じる痛いほどの視線と、確かな気配は一体何だというのだろう。

音夢は心の中で、襖の向こう側に話しかけてみた。

(あなた、本当に妖怪百目なの？)

かさり。

かすかに衣擦《きぬず》れの音がした。

気味が悪くなって音夢は布団に潜った。やはり寝たふりをするしかないと諦めかけた時、ふと瓢兵衛の言葉が脳裏に甦《よみがえ》った。

『妖怪というのは悪いものとは限らないのだよ。百目だって同じだ』

言われてみれば、相手は暗闇からこちらを見るばかりである。

(怯えていても埒《らち》は明かないわ)

何が目的かは知らないが、これまで自分を散々怖がらせた百目。いっそ今夜は反対に驚かせてやろう。

腹を決めた音夢は、潜り込んだ布団の足元からそっと這い出し、隣の部屋との間を仕切る襖に向かって進んだ。ゆっくり、慎重に。音をたてないよう細心の注意を払っていても、胸のどきどき鳴る音が聞こえるのではないかと気が気でなかった。

(あと少しよ。待ってなさい百目……)

盗人《ぬすっと》のように爪先《つまさき》を使って歩き、部屋の端から回り込んで襖の引手に指をかける。

(今だ!)

ぱぁん、と立てつけの良い襖は一気に開いて大きな音をたて、向こう側でふたつの人影が悲鳴を上げてひっくり返った。

「きゃっ」

「うわぁぁ」

障子から月明かりが差し込んでいた。

きれいに片付いた部屋の中で、驚いた顔をこちらに向けていたのは、音夢の父親と母親だった。

＊

熱い日差しが照りつける橘庵の前に、一丁の駕籠が止まった。

上等の宝泉寺駕籠から降り立ったのは、小柄な身体に押しも押されもしない大物の風格を漂わせた男だった。

「儂に手紙を寄越した安眠というのはお前さんだな」

男は焚火《たきび》用の柴を積み上げている鍼医者を見上げて言った。

「あんたが宝来屋さんか」

手紙など書いた覚えはないが、すぐに察しはついた。

今日の昼時を過ぎたら、赤麻呂が描いた写生画を橘庵で燃やすよう伊東に頼まれていた。国松の所持している絵も追っつけ届くはずだからと。

(省吾のやつ、俺の名前を使って宝来屋を呼び出しやがった)

説明するのも面倒なので黙っていると、宝来屋は重い風呂敷包みを安眠の手に押し付けた。

息子の国松が描かせた、素人娘の絵を持参したのだ。

「これで全部だ。早速お焚き上げを始めてもらおう」

こうして、季節外れの焚火が始まった。

燃えさかる炎の中に、安眠は惜しげもなく小分けにした紙束を投げ込んだ。どれも色目の鮮やかな肉筆画である。

次々と投げ入れられる絵の中で、男の恰好をした娘たちが身を捩《よじ》って燃え上がり、煙と化して天に昇るさまを、少し離れた場所から庵主が見守っていた。

最後の絵が燃え尽きるのを待ちながら安眠が訊ねた。

「息子さんは懲りたのかい」

「懲りるものかね」

立ち昇る煙から目をそらし、宝来屋が苦い笑みを浮かべた。

春画の珍品を集めることに熱中するあまり、同じ絵柄が大量に売り出される刷り物より、この世に一枚しかない肉筆画を求めるようになった国松は、自分の趣味に合わせた絵を特注で描かせることを思いついた。

最初こそ強引に別邸へ連れて来られた赤麻呂も、たちまち国松の趣向にはまった。

画材は豊富に与えられていたのだが、こだわりのある絵筆を求めて奈良屋を訪れ、不祥事が露顕したのである。

「実にやっかいな道楽だ。難儀な倅《せがれ》だよ」

着物についた灰を払い、溜息ひとつ吐いて宝来屋は言った。

「さて、お焚き上げも終わったようだし、供養料は改めて店の者から御坊へ届けさせよう」

「供養料も布施もいらん。それより若旦那が描かせた娘たちに、絵は全て燃やしたと知らせてやってくれ」

俺は坊主じゃねぇぞと心の中で呟きながら、安眠は思いついたことを口にしてみた。

「それから、相生町《あいおいちょう》の糸瓜《へちま》長屋で寝込んでいる庄吉って奴《やつ》に見舞いをしてもらえたら助かる。米二俵分ほどでいいんだが」

宝来屋は怪訝な顔をした。

「その庄吉さんとやらは何者かね」

「蠟燭の流れ買いをしている男だ。おたくの別邸で使った百匁蠟燭のせいで大怪我をした。今回の件で一番痛い目にあった奴かもしれん」

小男の顔が、不思議そうに禿頭の大男を見上げていた。

口を開きかけた時、庭の外から軽快な足音が聞こえた。

通りに目をやると、若い娘がこちらへ駆けて来るところであった。

「先生！」

「やあ、お音夢さんじゃないか。もうそんな時間か」

忘れていたわけではない。いつの間にか治療を始める時刻になっていた。

「お音夢さんだって？　まさか染井屋の――」

声を上げた男の顔に、音夢が目を丸くする。

「宝来屋さん」

「やはりそうか。こんな所で会おうとは……」

宝来屋も驚いた様子だった。

見合いの席が設けられて早《は》や二年以上。互いに当時のことは忘れていなかった。もし縁談がまとまっていたら、今頃は義理の父と娘の間柄になっていた二人である。

しばらく見つめ合った後、宝来屋が言った。

「遊びにおいで。近いうちに」

唐突な誘いであった。

「そこの安眠坊とは知り合いなのだろう。一緒に訪ねて来るといい。積もる話もある」

宝来屋は通りで待たせていた宝泉寺駕籠で去って行った。

半時のち、鍼治療を受けた音夢は身なりを整え、衝立屛風の陰から出て堂内を見回した。

普段であれば治療の直後に、安眠が次の治療日を決めて帳面に書きとめるのだが、今日はまだ済んでいなかった。

「先生なら外に出てお待ちですよ」

庵主に教えられて障子戸を開けると、縁側の端に探していた男の姿があった。

「やあ、あんたも座らねぇか」

「はい」

男を見習い、縁の縁《ふち》から足を投げ出して座る。

午後の蒸し暑い時間帯であったが、橘庵の深い軒の下は日陰となってしのぎやすかった。

「今日の治療は終わったが」

安眠は前を向いたまま話し始めた。

「次の必要はないだろう」

えっ、と音夢が隣の男の横顔を見上げる。

「脈は問題ない。お音夢さん本来の脈に戻ったと俺は思っている」

鍼医者は自分の見立てを総括した。

「人はみな生まれつき五臓のどこかに弱い部分を抱えている。あんたの場合は肝・心・脾・肺・腎《じん》のうち、肝が弱りやすい肝虚体質だ。たまたま体の調子の悪い時期に不運な出来事が重なり、悲しみや恐れ、抑え込んでいた怒りなど感情の乱れと相まって、肝がすっかり損なわれてしまった」

肝は魂をつかさどる。一般に魂魄《こんぱく》と呼ばれるが、魂と魄とは本来別ものである。魂は昼のうちは目に宿り、夜間には肝に入って休む。肝の働きが損なわれたことで、夜になっても魂が目に宿ったままとなり、眠れない病を引き起こしていたのだ。

「今、あんたは元気そのものだ。前とは別人のように」

何かあったのかと問われ、音夢は昨夜の顚末《てんまつ》を話した。闇の中から見詰める視線に怯えるのを止め、思い切って襖を開け放った後のことだ。

隣の部屋で息を潜めている姿を見られた両親は、畳に両手をついて娘に詫びた。

『許しておくれ。お前が心配で仕方なかったんだよ。そもそも美人画なんぞに描かせたのがいけなかった。縁談ひとつとっても、店の都合を先に考えたばかりに……』

『お父っつぁんも私も後悔したんだよ。達者だったあんたを病気にしてしまって、ひょっとしたら、もっと悪いことになるのじゃないかと心配で……』

早まった真似をされるのではないかと危惧《きぐ》した両親は、娘が夜中に首を括《くく》ったり、家を抜けて大川へ身を投げたりしないよう、交代で寝ずの番をしていたのだ。

「そういうことだったのかい」

音夢に付き添って来ていた時の、妙にやつれた母親の面差しに、安眠はようやく得心がいった。

「親というのは有り難いな」

「はい」

神妙に頷いてみせる音夢の心中は複雑だった。

もう治療の必要はないと安眠は言った。病が癒えたのは素直に嬉しいが、これで橘庵に来る理由がなくなってしまったのだ。

音夢は自分でも信じられないほどの寂しさを覚えた。この海坊主のような大男と会えなくなると思っただけで、心の中に大きな穴が開いてしまいそうだった。だが、すでに話を終えて立ち上がりかけている安眠を呼び止める術《すべ》がない。

そんな音夢を救ったのは、穏やかな女の声だった。

「これからは、もっと気軽に訪ねて来てください」

「庵主さま！」

背後から音夢の両肩に手を置き、庵主は身を乗り出すように安眠を覗き込んだ。

「もう私たちはお友だちですもの。そうでしょう、先生」

「あ？　そ、そうだな」

鮮やかな微笑に釣り込まれたか、安眠は状況がよく飲み込めていないまま同意した。

「どうせなら、また茶店でも行くか」

「梅花餅なら儂も一緒に連れて行っておくれ」

ひょいと堂宇の横手から顔を出したのは塗屋の隠居だった。橘庵の庭は瓢兵衛の家の裏に続いているのだ。

「瓢兵衛さん、私、ようやく百目を――」

音夢は途中まで出かかった言葉を飲み込んだ。妖怪の話は瓢兵衛と自分だけの秘密であったと思い出したのだ。

草紙書きの隠居は、悪戯《いたずら》っぽい眼差しでこちらを見ている。

「なんだぁ、また百匁蠟燭がどうかしたのか」

何も知らない安眠が大きな伸びをして立ち上がった。
もう音夢の行く先に妖怪百目はいない。
橘庵の真夏の庭で、青々と茂る橘の葉が眩しかった。

第二話

あおさぎ

遠くで蟬《せみ》が鳴いていた。

腹の底から絞り上げるミンミンゼミの声ではない。夏の終わりを悟ったツクツクボウシの声明《しょうみょう》だ。

「名残惜しいねえ」

麦湯の入った湯吞《ゆのみ》を持ち上げて、老人が嘆息した。

「暑い盛りは一日も早く涼しくなれと願うものだが、いざ秋の気配が漂い始めると、妙に寂しい気持ちになる」

向かい合って座る音夢は、団扇《うちわ》を使いながら曖昧《あいまい》に頷《うなず》いた。

盆の送り火を済ませた後も昼間の残暑は厳しい。いっそ明日からでも秋本番となって欲しいというのが本音だ。

「それは、あんたが若いからさ」

「嫌だ。瓢兵衛さんたら、私の胸の内を読んだのね」

まさか、と塗屋の隠居が大きな頭を揺らして笑った。

「正直者は考えていることが顔に出るんだよ」

音夢は自分の顔を両手で覆い隠した。

指の間から覗《のぞ》く頬《ほお》は、ひと月前と比べて丸味を帯び、いかにも健康そうな薄桃色をしている。

「冗談はさておき、儂《わし》の夢草紙《ゆめぞうし》はどうだったね」

「どのお話も面白かったわ。わざわざ店まで足を運んでくださって、ありがとうございます」

まだ畳の上に置かれたままの冊子に、音夢は目をやった。

「なぁに、近くまで行ったついでだよ。気に入ったのなら続きを貸してあげよう」

草紙本の戯作者《げさくしゃ》でもある瓢兵衛がひょいと立ち上がって、積み上がった本の山から次の巻を選び始めた。

その隙《すき》に、音夢は首を回して背後の壁を盗み見た。

隣家との間を隔てる壁の向こうは、しんと静まり返っている。

「安眠先生なら往診に出かけなさった」

抜き出した冊子を差し出しながら隠居が告げる。

「ご帰宅はいつになるか分からんよ。最近お忙しいようだから」

「――そうですか」

考えていることが後ろ頭にも出ていたかしらと、気恥ずかしい思いで首を戻し、受け取った草紙本を風呂敷《ふろしき》に包んで立ち上がる。

「では庵主《あんじゅ》さまにご挨拶《あいさつ》して帰ります」

「お待ち、橘庵へ行くならこっちが近いよ」

示されたのは開け放した縁側だった。

隠居が暮らす裏店《うらだな》は、橘庵と庭続きなのだ。

「どれ、土間の履物を取ってきてあげよう」

「あ、大丈夫です。自分でやりますから」

音夢は裸足《はだし》のまま土間に飛び下り、乱雑に脱ぎ捨ててあった下駄を摑《つか》んで駆け戻った。呆《あき》れ顔の瓢兵衛が見ている前で、縁側からぽーんと庭先へ放《ほう》り投げる。

「お邪魔しました。美味《おい》しい麦湯をご馳走《ちそう》さま」

おしとやかとは程遠い印象だけを残して、染井屋のお嬢さまは裏庭へと消えた。

(残念。今日は往診だったのね……)

久しぶりに橘《たちばな》の古木を見上げて音夢は呟《つぶや》いた。

不眠の治療が終わって早《は》やひと月。今日まで安眠の近辺を訪れる機会がなかった。気楽に訪ねていらっしゃいと庵主は言ってくれたが、さしたる用もないのに押しかけるには遠慮があった。そんな折、塗屋の隠居が草紙本を届けてくれた。本の返却という大義名分を手に入れ、ようやく来ることが出来たのだが……。

沈みそうな気持ちを抱えて堂宇の正面まで来た時、誰《だれ》かが藪《やぶ》をかき分けて歩く音が聞こえた。

「――庵主さま？」

返事はない。かさかさと草を踏む音だけが聞こえている。瓢兵衛や安眠の住む裏店とは反対の側からだ。

抱えていた風呂敷包みを縁の上に置くと、音夢はお気に入りの団扇だけを持って草《くさ》叢《むら》の中へ入り込んだ。

日が高いせいか、煩わしい藪蚊の類《たぐい》は寄って来なかった。

足音を忍ばせ、まだ旺盛《おうせい》な夏草の陰からそっとうかがう先に見えたのは、一羽の大きな鳥だった。

（なーんだ、アオサギが来ていたんだ）

水浅葱《みずあさぎ》色のアオサギは、長い首と長い足を伸ばして庭を歩き、木賊《とくさ》が勢いよく茂る向こう側へと回り込んだ。

その直後、驚くほど近くで怒鳴り声が上がった。

「こりゃっ、やっぱりお前か！」

咄嗟《とっさ》に仰《の》け反《ぞ》る音夢の目の前を、羽をバタつかせたアオサギが疾走し、木の枝にぶつかりそうになりながら舞い上がった。

後を追って現れた男が、空へ向かって拳《こぶし》を振り上げる。

「もう来ちゃいけねえぞっ。この次は首根っこを掴まえて、坊《ぼっ》ちゃんに叱《しか》ってもらうからなーっ」

男の罵声《ばせい》が聞こえているのかいないのか。アオサギは無言で高い空を飛び去って行った。

啞然《あぜん》と見上げる音夢の隣で、男はまだぶつぶつと怒っていた。

「ほんに困った奴《やつ》だ。金魚を全部喰《く》ってしまうつもりかもしれん」

「あら、金魚がいるの？」

思わず口から出た問いかけに、男は隙《すき》っ歯《ぱ》を見せて笑った。

年の頃《ころ》は三十半ばくらい。束ねた総髪と青々とした髭剃《ひげそ》り跡が、いかにも田舎臭い男だった。

「はいです、嬢さん。そこのお池に金魚がいるのです」

　木賊の茂みの向こうには、半月型の小さな池があった。

　縁に屈《かが》んで水の中を覗き込めば、立派な赤い金魚が縮緬《ちりめん》のしごき帯のような尾を振って泳いでいる。

「もう一匹しかいないのです。夏の始めに放った時には五匹もいたのに」

　音夢の肩越しに池を覗く男は無念そうであった。

「てっきり猫が盗《と》るものと思っていたのです。ところが旦那《だんな》さまが、近ごろ大きな鷺《さぎ》が庭に下りると言ったので」

　見張っていたところへ下手人が襲来したのだった。

「まだ気を抜いちゃいけないわ。アオサギは自分の餌場《えさば》を忘れないから、きっと残りの金魚も盗りに来るわよ」

　染井村の親類宅でも、飼っている鯉《こい》の稚魚があらかた盗られてしまったことがある。

「それは困るのです。坊ちゃんにお世話を言いつかった金魚なのです。全部喰われたらどうしよう」

（坊ちゃん――？）

　我に返って見渡せば、そこは草木の伸びるに任せた橘庵の庭ではなく、植栽の手入れが行き届いた他家の敷地だった。境界の垣がなかったので、うっかり侵入してしまったらしい。

明らかに通人好みの渋い庭園だった。足元の飛び石を辿《たど》った先に、磨き込まれた縁側と真っ白な障子戸があり、外廊下で繋《つな》がった茶室が張り出している。

あっ、と音夢は両手で口元を覆った。

茶室の躙《にじ》り口《ぐち》の奥で人影が動いたのだ。

人影は軽く会釈したかのようにも見えたが、悠長に挨拶を返している場合ではないと気付いた。

「ごめんなさいっ、失礼しました」

まだ池の縁で悩んでいる男に背を向け、大慌てで橘庵の堂宇の前まで駆け戻った。

途中で落とした団扇を拾う余裕もなかった。

知らない家の庭で、子供みたいに金魚を覗き込んでいた自分が恥ずかしい。早く庵主に会って報告し、笑い話にしてしまうつもりで堂宇の階《きざはし》を駆け上がったところ、中はもぬけの殻だった。

今日は安眠と庵主の両方に縁がなかったようだ。

音夢はがっかりして縁側の風呂敷包みを拾い上げた。迎えの駕籠《かご》が来るのは七つ過ぎだ。それまで苦い薬湯《やくとう》でも飲みながら時を過ごすつもりで、いつぞや安眠に連れて行かれた美神堂へ向かう。

　静かな横丁から書道具屋の角を曲がったところで、ふと、さっき自分が入り込んでしまったのが、この店の裏庭であることに気付いた。足を止めて見上げれば、風格のある土蔵造りの建屋の軒に、長い歳月を経て黒みを帯びた看板が掲げられている。

「文房四宝・但馬屋《たじまや》――」

　薄れかけた文字を声に出して読み上げてみる。文房四宝とは、筆・硯《すずり》・紙・墨のことだ。

　音夢が知る限り、但馬屋はいつ通りかかっても表戸を締め立てていた。もう商いをやめてしまったのだろうかと、ぼんやり看板を眺めているところへ横から声が掛けられた。

「もし、そこにいるのは、お音夢さんでしょう」

　見れば美神堂の前で、白い頭巾《ずきん》の女が手招きをしている。

「庵主さま！」

　音夢は跳び上がって駆け寄った。

「もう今日はお会い出来ないものと思ってました」

手を取って喜ぶ娘に、尼僧姿の庵主も微笑《ほほえ》みを返す。

「いつでもいらっしゃいと言っておきながら、庵を留守にして申し訳ありません。でも、表通りへ回ってくれて良かった」

「駕籠が来るまで、こちらで薬湯を頂くつもりだったんです」

庵主と並んで縁台に腰を下ろした音夢は、安眠に会えなかったことや、アオサギの足音を追って但馬屋の裏庭へ迷い込んでしまったことなどを一息に話した。

「アオサギ、ですか」

「男の人が金魚を喰われまいと追い払っていました。今度来たら首根っこを摑んで坊ちゃんに叱ってもらうからなーって」

庵主が朗らかに笑い上げた。

耳に心地良い声と、艶《あで》やかな笑顔が音夢は好きだった。

「寅《とら》さんと会ったんだね」

途中で二人の話に加わったのは、美神堂の女将《おかみ》のお鐵である。

「とら？」

「但馬屋さんの下働きだよ。間に合わないところもあるけど、性根の良い男でね」

お鐵が話したところによると、やはり但馬屋は数年前に店を閉めてしまっていた。

今は療養中の主人が、下男の寅と二人だけで暮らしているという。お池で金魚を飼っている坊ちゃんが
「あら、でも小さいお子さんがいらっしゃるのでしょう。お池で金魚を飼っている坊ちゃんが」

たちまちお鐡が笑い崩れ、遠慮のない力で音夢の肩を叩《たた》いた。

「嫌だよぉ、大きな坊ちゃんがいるじゃないか」

何のことだか分からず肩をさする音夢の耳元で、庵主が内緒話でもするように告げた。

「寅さんの言う坊ちゃんとは、安眠先生のことなのですよ」


染井屋の居間に父親の姿はなかった。今夜は古手《ふるて》問屋仲間との寄合に出かけているのだ。

夕餉《ゆうげ》の席では、母と娘が各々の膳《ぜん》を挟んで向かい合っていた。

「でも、安眠先生が但馬屋さんの一人息子だなんて、おっ母《か》さんは教えてくれなかったじゃないの」

「おや、そうだったかね」

母親のおさきは小鉢に盛られた茄子《なす》の煮つけを口に運び、非難めいた娘の繰り言を

聞き流していた。

「もっと早く言ってくれれば良かったのに……」

「そうだったかね」

今度は海老《えび》団子の入った吸い物の椀《わん》を持ち上げて、じっくり味わっている。

取りつく島のない母親の態度に、音夢も白瓜《しろうり》の糠《ぬか》漬けを摘まみ上げ、ぱりぱり切れの良い音をたてて噛《か》み砕いた。茶碗《ちゃわん》に半分ほど残った白飯には、冷たい番茶を注いでさらりと頂く。

腹が満たされるにつれ、昂《たか》ぶっていた心も静まった。

考えてみれば、安眠が医家の出ではなく老舗《しにせ》商家の息子であることは前もって知らされていた。生家が書道具屋であろうと漬物屋であろうと、医者としての力量とは関係ない話なのだ。ただ、安眠について自分があまりにも知らなすぎることが、音夢には歯がゆく思えてならないのだった。

やがて夕餉の膳が下げられるのと入れ違いに、上女中が盆を掲げて現れた。

「お嬢さま、お持ちいたしました」

盆の上には茶道具の他に、唐辛子入れのような竹筒と手塩皿、小さな匙《さじ》も乗っている。

「おもとはお茶を淹《い》れて。これは私が取り分けるから」

「かしこまりました」

四十がらみの上女中が馴《な》れた手つきで煎茶《せんちゃ》を淹れる間に、音夢は竹筒を傾けて、茶色のどろりとしたものを二枚の皿に少量ずつ流し込んだ。

「さあ、おっ母さん。舐《な》めてみてくださいな」

娘が差し出す小皿を、おさきが神妙な表情で受け取った。一体何を食べさせられるのやらと言いたげである。

「大丈夫。私が先にお味見をしますから」

そう言うと、音夢はもう一枚の皿を持ち上げ、匙ではなく人差し指に濃い茶色のどろどろを絡めて口に含んだ。

大人が指をしゃぶるなど体裁の悪い光景だったが、母親も上女中も叱るのを忘れて成り行きを見守った。

「で、どうなんだい」

「うーん、なんとも言いようのない味ね。薬湯っぽい苦さもあるけど、甘味もしっかり残っているし、決して不味《まず》くないわ」

どれどれと、おさきは自分の手塩皿から小さな匙で茶色のどろどろを掬《すく》って舐めた。

「あら、思っていたより甘い。肉桂飴《にっけいあめ》に似た風味があって、私は嫌いじゃないね」

女主人と音夢の顔を交互に見ていた上女中が、好奇心に負けて訊《たず》ねる。

「あのぉ、お嬢さま、その色の悪いどろーっとしたものは何でございましょう。どこその珍味でございますか」

「珍味と言えないこともないけど、これは〈飴薬〉なの」

「あめぐすり――でございますか」

目を丸くした上女中は、音夢に差し出された皿と匙を受け取り、残りの飴薬とやらを舐めてみた。

「ああ、確かにお薬のような味がいたします。でもやっぱり水飴を頂いているような気もいたしますし……」

果たしてこれは薬なのか水飴なのかと訝《いぶか》る上女中に、だから飴薬なのだ、としか答えることが出来なかった。

「もういいわよ、おもと。お茶だけ置いて行って。それと、竹筒はお借りしたものだから綺麗《きれい》に洗っておいてちょうだい。残った飴薬は舐めてしまっていいから」

「まっ、宜《よろ》しいのですか」

音夢はお嬢さまらしく鷹揚《おうよう》に頷いた。

「振り薬屋の美神堂さんが、新しく売り始める品なのよ」

振り薬とは布の袋に入れた薬材を湯の中で振り動かし、浸出させて飲む薬のことで、健胃や病後の回復に効能のある美神湯《とう》は、知る人ぞ知る神田明神下の名物だった。

「薬湯に近い効能があるそうだから、皆で少しずつ味をみるといいわ」

「そうさせて頂きます」

竹筒を押し戴《いただ》いた上女中が下がって間もなく、台所の方から男女の笑いさざめく声が湧《わ》き上がった。大人だけでなく小僧たちの声も交じっているところをみると、お店の者が勢ぞろいして飴薬を賞味しているのだろう。

苦いだの甘いだの、てんでに騒ぐ声を聴きながら、音夢は煎茶で舌を洗い流した。やはり最後まで口の中に残る苦みは薬湯だ。

向かい合って茶を飲んでいた母親も同じ気持ちだったのか、湯呑を茶托《ちやたく》に戻して言った。

「美神堂さんも面白いものを考えたね。きっと前々から工夫されていたのだろうけど」

「苦節三十年、ついにこの日が——って店主の甚八さんは感極まってらしたわ」

今日は店に招いた得意客だけに、味見として竹箸《たけばし》に巻いたものが振る舞われた。橘庵の庵主も手伝いに駆けつけ、ちょうど振る舞い分の飴薬が底をつきかけた所に音夢が来合わせたのだ。

「せっかくだから染井屋でも味見をしてくれって、残っていたものを持たせてくださったの」

持ち帰り用の入れ物がないので、洗って乾かしてあった唐辛子入れの竹筒を借用したのだった。

「入れ物の用意がないということは、店先で箸に巻きつけて売るつもりかね」

「多分そうでしょう。ところで、おっ母さん。さっきの話の続きなのだけど――」

母と娘の会話はここで途切れた。店表で手代たちが走り回る気配があり、続いて店主の藤右衛門の声が聞こえたからだ。

「おや、お父《と》っつぁんだ。こんなに早く帰って来るなんて、寄合で何かあったのかしら」

おさきは急ぎ足で居間から出て行った。

残された音夢は、途中で行き場を失った言葉を頭の中でささやいた。

(私ね、安眠先生のこと、もっと詳しく知りたいの)

だが、しばらく待っても母親は戻って来ない。

音夢も今夜のところは諦《あきら》めて、寝間へ引き上げることにした。

茶托に戻した瀬戸の茶碗が、カチンと大きな音をたてた。

＊

ぱしゃん。

何かが水面を跳ねた。

艾《もぐさ》を捻《ひね》る手を止めた安眠が蚊帳《かや》の外へ目をやり、縁側に置かれた硝子《ガラス》の金魚鉢を確認して、再び患者に視線を戻す。

患者は開け放した蚊帳の中でうつぶせていた。

左右の肩甲骨の間にある心兪《しんゆ》と膏肓《こうこう》にいくつもの灸《きゅう》を据える。どちらも主として心の臓の病に用いる経穴《けいけつ》であり、『病膏肓《やまい》に入る』とは、回復の見込みがない様を指す言葉として使われる。

最後に仰向けた患者の両手首に指先を置いて、慎重に脈を診る。

家屋の中は静まり返っていた。患者も、安眠も、治療前の問診が済んで以降、一言も口をきいていない。

ぴちゃ、ぱしゃん。

再び金魚が水面を跳ねる。

「元気な金魚だ……」

独り言のつもりだったが、上半身を起こして寝間着を整えていた患者が、安眠の呟きに答えた。

「今日の昼間、池から移したばかりだからな」

「あなたが、ですか」

驚いた様子の鍼《はり》医者に、患者が薄い笑みを浮かべる。

「寅だよ。お前が世話を頼んでいたのではなかったかね」

安眠は黙り込んだ。人からもらった金魚を自分で飼うのが面倒だったので、実家の池に入れたのだ。

「今日は気分がいいので茶室に座っていたら、裏庭に大きな鷺が来てね。池の金魚を突《つ》こうとしたところを寅が追い払ったんだよ。入れ違いに元気な娘さんがやって来て、しばらく金魚を見ていたんだが、私と目が合って走り去ってしまった」

いつになく多弁な患者は、蠟燭《ろうそく》の灯《あか》りの下でも分かるほど唇が紫色を帯びていた。ここ半年ばかりの間に一段と痩《や》せている。来年の春まではもたないかもしれない。

患者の名は但馬屋蒼天《そうてん》。鍼医者・安眠の実父である。

「では、お大事に」

お定まりの台詞《せりふ》と共に安眠が立ち上がった。

治療が終われば早々に退出するのはいつものことだ。

「金魚を持って帰りなさい」

蚊帳の中から声がした。

「鷺に喰われては困るからと寅が池から出したのだが、狭い硝子鉢の中では弱ってしまう。お前の手で池に戻すか、世話が出来る人にお譲りしてはどうかね」

黙って部屋へ引き返し、縁側の硝子鉢を持ち上げようとして、ふと手を止める。広い屋敷の中があまりにも静かで寂しいことが気になったのだ。

再び蚊帳の中で声がした。

「もう十分だ。楽しませてもらった」

楽しんだのは赤い金魚か、それとも五十余年の人生か――。

感傷を断ち切るように、安眠は金魚と一緒に屋敷を出た。

外は夕暮れから宵の口へうつろう時刻になっていたが、表通りには多くの人が行き交っていた。神田明神の境内で芝居を見物して帰る人々と、今から夕餉や夜遊びへ繰り出す人々だ。木戸が閉まる直前まで参道の人通りは絶えることがない。

独り住まいの安眠も、晩飯は近くの居酒屋か一膳飯屋で済ませることが多い。とりあえずは治療所に戻り、薬籠《やくろう》と金魚を置いて出直そうと思っているところを呼び止められた。

「おーい、蒼一郎ちゃんよぉ」

「やぁ、甚八小父《おじ》さん」

顔を見るまでもなく美神堂の店主だ。

「ちょうど良かった。折詰を持って帰ってくんな」

「折詰？」

首を捻って店の前まで歩く。

美神堂は間口一間半の小店だ。隣の但馬屋に比べれば奥行きも浅く、薬種の収納場と作業場で家屋の大部分が占められている。

普段であれば、几帳面《きちようめん》な女将の手で狭い店内は整頓されているのだが、今日は客が使った湯呑もそのままで、いつになく雑然としている。訝《いぶか》しく思って作業場を覗くと、忙しそうに立ち働く女将のお鐵と目が合った。

「往診は終わったんだね」

鍋《なべ》を磨く手を止めたお鐵が、作業台に置かれていた折詰を指差す。

「あんたの分だよ」

言った後で鍼医者の両手がふさがっていることに気付き、水仕事で濡《ぬ》れた前掛けを外し始めた。

「何か祝い事でもあったのか」

「ひでぇな、蒼一郎ちゃん」

くたびれた着物に染みだらけの前掛けをつけた甚八が、じれったそうに口を出す。

「飴薬のお披露目をするって言っておいたじゃねぇか」

ああそうだった、と、安眠は毛のない頭に手を当てた。

「薄情な男だ。散々っぱら味見をさせてやったのに」

「あれは味見じゃなくて毒見だろ」

お鐵の指摘は厳しかった。

「いいから、あんたは湯呑を洗っといておくれ。ついでに塗屋のご隠居さんにも届けて来るから」

二つの折詰を抱え、亭主に有無を言わさず店を出る。

「すまない小父さん。また改めて来るよ」

不服そうな店主にそう言い残し、安眠は但馬屋の前を過ぎようとしている女将の後を追った。

少し先の四つ辻《つじ》では、番小屋の行燈《あんどん》に火が入っていた。

商いをやめた但馬屋でも、夜になれば屋敷の角に提灯《ちょうちん》が吊《つ》るされる。向かい橘の家紋が入った長丸提灯である。

「飴薬のこと、うっかりしていて悪かった」

横丁角を曲がった安眠は、前を歩くお鐵に詫《わ》びた。

「いいんだよ。本当はお披露目なんて大袈裟《おおげさ》なものじゃなかったんだから」

祝いの角樽《つのだる》を開けて神棚に供え、あとは付き合いのある薬種問屋と小売り薬店仲間、親しいご近所に赤飯の折詰を配っただけだ。

「その程度でも、あの人には嬉《うれ》しいのさ。今まで晴れがましいことに縁がなかったものだから」

ぶっきら棒に話す女将の背中を見ながら、すっかり忘れていた自分は薄情者だと安眠は反省した。

そもそも美神堂は、近江《おうみ》の薬屋に生まれた甚八の祖父が江戸に店を出したのが始まりである。

家伝の振り薬は江戸でも売れた。ところが祖父が客寄せのつもりで安売りをしたり、儲《もう》けが出なくなると極端に値を吊り上げたりしているうち、思惑とは反対に客が離れてしまった。

困窮した祖父に救いの手を差し伸べたのが、店の家主でもある但馬屋だった。先代の但馬屋は、商才のない祖父を説得して隠居させ、まだ二十にもならない甚八の父親を二代目店主に据えた。今度こそしかるべき値を付けさせた上で、再び振り薬を売り出したのだ。

煮出した薬湯を店先で飲ませることを考えたのも但馬屋だった。振り薬を買わないまでも、明神さまへ参拝したついでに一杯四十文の薬湯を飲んで休憩する客は意外と多い。一緒に連れて来る子や孫におまけとして水飴を舐めさせたことも好評で、三代目の甚八に至るまで美神堂の商いは続いている。

「あの飴薬なんだけどね」

治療所の前に着いたところで女将がぽつりと訊ねた。

「売れると思うかい」

「それは、売れなくはなかろうが……」

安眠の歯切れは悪かった。

売り物としての質に間違いはない。だが、良いものだから売れるとは限らないのが商売の難しいところであると、老舗商家に生まれ育った者として分かっているのだ。

「いや、俺だって売れれば良いとは思っている。なんだったら暮らし向きの良い患者に話してみてもいい」

「馬鹿だね、あんたにふれ歩かせようなんて考えちゃいないよ」

苦く笑ったお鐵は片手で治療所の戸を開け、患者の待合用として置かれた縁台に折詰をひとつ乗せた。

「うちのことは気にしなくていいんだから、しっかり食べて早めに寝るんだよ」

女将にかかれば身の丈六尺の大男も子供扱いだ。幼い頃に母を亡くした安眠を、何くれとなく世話してきたのが美神堂夫婦なのである。

「それから、ご祝儀はもうもらったからいいよ。昨日のうちに但馬屋さんが角樽と一緒に届けてくれたからね」

父親の蒼天に抜かりはない。しかし、自分はすでに親元と関係のない身だ。別に祝いを贈るべきかどうか考えを巡らせている安眠の尻《しり》を軽く叩き、お鐵はもうひとつの折詰を抱えて出て行った。

ぱしゃん。

夜の裏店に水音が響いた。

安眠が机上の硝子鉢に目をやると、真っ赤な尾と鰭《ひれ》を振り動かした金魚が、物言いたげな顔でこちらを睨《にら》んでいた。

「すまん。お前も腹が減っていたか」

折詰の赤飯は一粒残さず食べてしまった。もとより煮炊きをしない一人住まいである。催促されたところで餌になるものは落ちていない。

美神堂へ行って飯粒か麩《ふ》のかけらを分けてもらうつもりで、縁側の障子を開いて裏庭へ下りる。

正面に並んだ萩《はぎ》の植え込みの先は橘庵の庭である。

月に照らされた堂宇の横を過ぎ、近道のつもりでススキの茂みをかき分けようとしていると、背後で女の声がした。

「踏み込んではいけません。そこは秋虫たちの住処《すみか》です」

振り向いた先に美貌《びぼう》の尼僧が立っていた。

「金魚の食べ物が欲しいのなら、これをやってください」

差し出された懐紙の包みには、細かな玉霰《たまあられ》が入っていた。

「あなたは、千里眼だな」

白い頭巾の下で庵主が微笑む。

「鳥が狙《ねら》っているから金魚鉢に移したと、寅さんが言っていました。お音夢さんも一緒に大きな鷺を追い払ったそうです」

「お音夢さんが？」

裏庭に来たというのが染井屋の娘だったとは知らなかった。

「とても元気なご様子で、先生にお会いできないのが残念そうでしたよ」

「そうですか」

初めて診察した日、子供みたいに澄んだ瞳《ひとみ》で自分を見返した娘の顔を、安眠は思い浮かべた。元気にしているなら何よりだ。いずれ頼みがいのある男と良い縁を結ぶだろう。

ふわり、目の前で墨染の衣が舞った。

たちまち若い娘の顔は淡雪のように消えてなくなり、背を向けて歩き出す麗人の後ろ姿だけが視界に残った。

月夜の庭では沢山の秋虫たちが鳴いていた。マツムシ、ウマオイ、カネタタキ。堂宇の下でころころ鳴くのはエンマコオロギだ。

庵主が草の間をすり抜けても鳴き続けていた虫たちは、安眠が近付いただけで、ぴたりと息を潜めた。

いつしか二人は橘の古木の下に立っていた。

見上げる葉陰には青い実がたわわに付いている。

「今年こそ、熟すかな」

安眠の呟きに応《こた》えはなかった。

横目に盗み見る庵主の肌は白く瑞々《みずみず》しく、長い睫《まつげ》に縁どられた瞳は永遠の命が湧き出す泉のようである。

（やはり特別な人なのだ……）

安眠自身が覚えている幼少期の最も古い記憶は、父親に手を引かれて橘庵を訪れたことだ。橘の古木の下で待っていた女性が、まだ頑是ない自分を鮮やかな笑顔で迎えてくれた。

その日から安眠は足繁《あししげ》く橘庵に通った。子供同士の遊びに夢中の時も、手習いや学塾、剣の稽古《けいこ》に通い始めてからも、日に一度は必ず庵主の顔を見に行った。

不思議なことに、幼い子供が若者へと成長するだけの歳月を経ても、庵主の容姿はほとんど変わらなかった。

「もうし、庵主さまはおられますかぁ」

二人だけで過ごすひと時を、間の抜けた大声が邪魔した。

「ここです。橘の木の前にいます」

堂宇の裏から現れたのは、膝切《ひざぎ》り姿の田舎臭い男だった。但馬屋の寅である。

「旦那さまが来て欲しいと言うとります」

「蒼天さまが――」

庵主は身を翻して立ち去った。今まで一緒にいた男には目もくれず、一言の断りもなく。

残された安眠は、握り締めた手の中で玉霰が粉々に砕けることにも気付かず、庵主が消えた木立の奥を睨み続けた。

＊

針を動かす手を止めて、音夢は欠伸《あくび》を噛み殺した。

眠気覚ましの飴玉をひとつ口に放り込み、ようやく着物の形になり始めた布を広げて確かめる。

身ごろを合わせた縫い目に歪《ゆが》みはなく、針目の大きさも揃《そろ》っている。それでも手仕事に厳しい母親なら、何かしらの欠点を見つけるだろう。

居間に母親の姿はなかった。店表で働く父親もいない。共に朝早くから出かけているのだ。

このところ両親揃って外出する機会が多くなった。新しい得意先への挨拶回りらしいが、詳しいことは分からない。

「お嬢さま、お昼の具は佃煮《つくだに》でよろしいでしょうか」

「いいわよ。お味噌汁《みそしる》には小僧たちの好きな油揚げを入れてね」

台所女中が昼食の確認をしてお勝手に戻った。

主人夫婦がいなくとも、染井屋の奉公人たちは仕事に精を出している。音夢に任された仕事は、握り飯の中身を決定することくらいだ。

藤右衛門は娘たちを店先に出さないと決めていた。

お店の衆に余計な気を使わせないのは勿論《もちろん》のこと、商家の娘たるもの、嫁ぎ先の家業にこそ馴染《なじ》むべきであると考えたからだ。

しかし、今となっては音夢の置かれた立場は微妙だった。

四人姉妹のうち三人までが家を出たからには、一人残った音夢が店を継ぐしかない。

不眠の病が癒《い》えて間もない娘に、今すぐ婿を迎えようとは両親も考えていないようだが、先を思えば気が重かった。

とりあえず今日のところは縫物に精を出そうと再び針を手にした時、店表で何事かを訴える男の声が聞こえた。お店者《たなもの》や行商人の話し方ではない。

心当たりのある声に耳を澄ませていると、誰かが廊下を疾走し、続いて厠《かわや》の戸がばたんと閉まる音がした。

音夢は縫物を置いて立ち上がり、手早く身仕舞いをした。

手水《ちょうず》を使う音が止《や》むのを確認したのち、絶妙な間を置いて店先へ出れば、案の定、黒羽織の裾《すそ》を帯に挟んだ男の後ろ姿があった。

「伊東さま」

ひょろりと背の高い男が振り返った。とびきり細い糸目にエラの張った輪郭は、北町奉行所定町廻り同心の伊東省吾である。

「やあ、お音夢さん」

「いつも見回りご苦労さまです」

上《あ》がり框《がまち》の手前で膝をつき、音夢は丁寧に頭を下げた。伊東が厠を借りに来たことは分かっていても、そこは知らぬふりだ。

かなり前の話になるが、青い顔で店に飛び込んで来た伊東を、近くにいた音夢と妹たちが、神輿《みこし》でも担ぐかのように取り囲んで厠へ案内したことがあった。親切のつもりでしたことだが、あとで事情を知った母親から注意された。場合によっては見て見ぬふりをする心遣いも必要だと教えられたのだ。

「すっかり良くなったそうだな」

伊東の口ぶりは爽《さわ》やかだった。

「二、三日前に美神堂へ寄ったら、女将があんたの話をしていた。鳥を追い払うほど元気になったってな」

「追い払ったのは私じゃありません」

但馬屋の裏庭に迷い込んだ日から十日が過ぎていた。

塗屋の隠居に借りた草紙本はとうに読み終えたが、両親が揃って家を空ける日が続いたことや、そんな時に限って奥向きの来客が多かったことから、まだ手元に置いたままである。

この調子では、いつ新しい本を借りに行けるか分からないと近況を告げたところ、伊東が気安く申し出た。

「今日は昼過ぎから外神田を回るつもりだが、良かったら一緒に行くかい」

「いいんですかっ」

音夢は勢い込んだ。少し上向いた鼻の孔《あな》から荒い息が漏れたが、伊東は聞こえないふりをした。

「いいも何も、同じ方を目指して行くだけさ。たまたま若い娘が横を歩いたからといって文句をつける手合いはなかろう」

父親が常から信頼を置いている伊東が一緒なら、店の者にも心配をかけないで済みそうだ。帰りは駕籠を雇えばよい。

「ご迷惑でなければお連れください」

「よし、決まりだ」

昼八つ頃にまた来ると言い残して立ち去る背中を、三つ指をついて淑《しと》やかに見送る。はやる気持ちを抑えながら。

（着物はどれにしよう。帯はおもとに選んでもらって……）

伊東が表通りを歩み去ったと見るや、音夢は猛然と店の板の間を走り抜け、商売物の古着を蹴飛《けと》ばして奥座敷へ消えた。

先刻から二人の会話に耳を澄ませていた店の衆が、蹴散らかされた着物を拾い集めながら、やれやれと顔を見合わせたことなど知る由もなかった。

音夢が生まれ育った大伝馬町の隣の小伝馬町《こでんまちょう》には、江戸市中で唯一の牢屋敷《ろうやしき》として知られる囚獄《しゅうごく》がある。二千六百坪にも及ぶ敷地の中には、取り調べを行う詮索所《せんさくじょ》や、恐ろしげな拷問蔵もあり、数百人もの罪人が収監されているらしい。

子供時代から今に至るまで、音夢自身は堅牢な塀の傍《そば》に近寄ったことがない。拷問蔵で死んだ者の霊が、塀の周りをさ迷っているという噂話《うわさばなし》が怖かったからだが、役人の伊東は牢屋敷の塀に沿った道を平気で歩いた。

「普段はこんな道を選ばないだろう」

「はい」

「遠回りさせて悪いが、この先に寄りたい店があるんだ」

伊東が覗いたのは木戸番小屋だった。

町木戸を管理する番人は、江戸の治安維持の一端を担う傍ら、番小屋の軒先で日用品や菓子などを売って収入を得ることが許されている。

同心が小銭を払って受け取ったのは、陳列棚の品物ではなく、番人が店の奥から出して来た包みだった。

「待たせたな。行こう」

「伊東さま、それは――？」

わざわざ遠回りまでして何を買ったのか、音夢は知りたくて堪《たま》らない。

「安倍川餅《あべかわもち》を買ったのさ」

「あべかわ……」

意外な答えだった。痩せぎすの同心は甘味を好まない。染井屋の店先で茶を出す際は、甘い菓子でなく塩せんべいを添えるよう母親が気を使っているほどだ。

「実は、蒼一郎に頼まれてな。次に来る時は必ず買ってこいと」

「蒼一郎って——安眠先生！」

ぱっと輝いた表情を、伊東が肩越しに注視していた。細い目を細いなりに見開いて。

「では、今日は家にいらっしゃるんですね」

「往診の予定はないそうだ」

あからさまな反応を見られたのが恥ずかしい音夢は、小走りで同心を追い越した。

「餅が固くなったら美味しくありませんよ、早く行きましょう」

「慌てなくていい。まだ作り立てだよ」

それでも照れ隠しに合切袋《がっさいぶくろ》をぶんぶん振り回しながら、先になって道を急いだ。

町辻ごとに路《みち》を折れ曲がりながら北上するうち、須田町《すだちょう》のあたりで大きな通りへ出る。日本橋から続く目抜き通りである。

人混みの中で、音夢は少しずつ歩調を緩めて同心と並んだ。

「ところでね、伊東さま」

　思いついたように訊ねてみる。

「なんだい」

「安眠先生とは、お友達なんですか」

　本当は以前から気になっていたことだ。『蒼一郎』『省吾』と名前で呼び合うからには親しい間柄に違いないが、商家出身の安眠と、武家の伊東が全く対等に付き合っているのはなぜだろう。

「奴とは町道場の同門だよ。まぁ友人でもあるわけだが……」

　ちょうど大通りの北の端を抜けるところであった。どん詰まりの神田川土手を前に、伊東は一旦《いったん》開きかけた口を噤《つぐ》んだ。

　筋違橋《すじかいばし》の御門前を横切り、ひとつ先に架かる昌平橋を渡り始めたところで音夢の肩を叩く。

「少し休憩してゆこう」

　ここまで来れば目指す明神下はすぐそこだったが、音夢は大人しく欄干に寄った。

　思えば自分の足で橋を渡るのは久しぶりだった。

　八月になっても暑さが残る町中とは違い、橋の上には涼やかな川風が吹いていた。

頭上を過ぎる影に顔を上げると、大きなアオサギが翼を広げ、外神田の空を目指して飛んで行くところだ。

無言で鳥を見送る二人の前を、今度は若衆髷《わかしゅまげ》の少年たちが大声で戯れ合いながら通り過ぎた。全員が竹刀《しない》を担ぎ、腰に手拭《てぬぐ》いを挟んでいる姿は、剣術の稽古《けいこ》帰りだろうか。

「俺たちが出会ったのも町の道場だった」

少年たちの熱気が遠ざかるのを待って伊東が口を開いた。

「父の旧友が本所《ほんじょ》で剣道場を開くことになってな。それまで父に手ほどきを受けていた俺が最初の門弟として通うことになった。同じ日に通い始めた者がもう一人いて、そいつが蒼一郎だったのさ」

二人の師となった人物は、門弟を集めるに際して一切の選《え》り好《ごの》みをしなかった。武士でも町人でも、己の才覚で身を守らねばならないのは同じだと説いて稽古をつけた。

「えらく面白い先生でなぁ。竹刀は全員に振らせたが、帯刀を許されない町方の子には、身の周りにある番傘や箒《ほうき》の柄を使って身を守る術《すべ》も教えていたよ」

「では、安眠先生は身を守る術を習ってらしたのですね」

納得しそうになる音夢の隣で、伊東が首を横に振る。

「あいつは最初から剣術を習いに来ていた」

「え、でも……」

安眠は書道具屋の息子。町方の子である。

背の高い伊東の横顔には憂いの色が浮かんでいた。しばしの黙考を経て再び口を開く。

「蒼一郎は侍になるつもりだった。俺と同じく定町廻りの同心になるはずだったのさ」

音夢は心底驚いた。

「どうしてまた」

「詳しい事情は俺にも分からん。何を考えたのか、やつの親父《おやじ》さんが一人息子に但馬屋を継がせないと決めてしまった」

元より傍目《はため》にも他人行儀に映る父と子だった。

情の薄い父親より隣家の美神堂夫婦になついていた安眠だが、この決定だけは青天の霹靂《へきれき》だったらしい。

何度も激しい言い争いをした挙句、自分は書道具屋以外の商いなど覚える気はない、家業を任せられないと言うのなら、いっそ侍にでもなってやると啖呵《たんか》を切り、自分のために奉行所の同心株を買い取るよう父親に迫った。

世襲を常とする武家の中には跡取りのいない者もいる。表向きはその家の養子という形をとり、相応の金を払えば、家督と役職を引き継ぐことができたのだ。

「確かに蒼一郎は侍に向いていたかもしれない。当時から図抜けた体格で、町人らしくない凄《すご》みがあった。そのくせ凛《りん》とした物腰も備わっていたしな」

剣術の素質もあったのだろう。同時期に入門した武家の子らより遥《はる》かに上達が早く、すでに基礎の出来ていた伊東と対等に竹刀を交えるまで長くはかからなかった。

剣術に先だって通い始めた学塾においても、但馬屋の息子は遺憾なくその才能を発揮した。朱子学などに本気で興味があるようには見えなかったが、大概の書物は一度読めば理解し、他学派の塾生と議論をさせても堂々と渡り合った。

「とにかく目立つ男だったよ。あいつが肩で風切って道場の門を出ると、待ち構えていた娘たちが一斉に黄色い声を上げたものさ。きりりと太い眉に鋭い眼光が成田屋《なりたや》の五代目そっくりだとか言って、袂《たもと》におひねりを突っ込む年増《としま》までいた」

「まっ」

音夢は頬を膨らませた。

確かに安眠と団十郎《だんじゅうろう》は似ていなくもないが、女に騒がれた話まで聞かされては心中穏やかでない。

「昔の話だ。十年以上も前のことだよ」

膨れっ面を見た伊東が、薄く笑みを浮かべる。

「それに、お音夢さんも知っての通り、あいつは奉行所の役人にはならなかった。同心株を売りたいという相手が見つかって、話がついた矢先、思わぬ厄が降りかかったのさ」


伊東が最初の異変に気付いたのは、十七歳の春であった。

朝稽古へ向かう道すがら、ふと、前から歩いて来る友人の風貌に違和感を覚えたのだ。

『おい蒼一郎、お前、眉を剃ったのか』

『誰が剃るものか』

そんなやりとりから数日も経《た》たないうち、黒々としていた眉毛は目に見えて薄くなった。それだけではない。武家風に結っていた髪の月代《さかやき》部分がやけに広がって見えた。

『おい蒼一郎、お前、髪結いを変えたのか』

『変えるものか』

しかし暑くなる頃には月代の広がりが誰の目にも明らかとなり、その上に乗っている髷の太さも半分になっていた。

眉の濃さは一見すると持ち直したかのように思えたが、稽古中に汗が流れると、眉毛までもが黒く滲《にじ》んで流れ落ちた。

『おい蒼一郎、その眉は――』

『なんでもない』

慌てて顔を押さえた手拭いが、眉墨で汚れていた。

結局、枯葉の舞い落ちる季節を待たずして、友人の髪が抜け落ちている事実は隠しようがなくなった。

わずかに残った髪をかき集めて結んだ髷は、見ている側も痛々しかったが、本人は何でもない顔をして稽古へ通った。

伊東を始めとする同門の仲間たちは、道場への行き帰りに周りを固めて歩いた。あれほど喧《やかま》しかった町娘たちがぱったり来なくなった代わりに、以前から但馬屋の息子を快く思っていなかった連中が、手ぐすね引いて待ち構えていたからだ。

囃《はや》しに来るのは、同じ流派の別道場に属する門弟たちだった。顔ぶれを見れば、年二回の交流試合で友人がこてんぱんに打ち負かしていた連中だと知れる。

『但馬屋よ、お前まだ侍になるつもりか』

『残りの髪も危ういぞ。いっそ茶坊主になったらどうだ』

黙って堪《こら》える友人が気の毒だった。

伊東自身も腹が煮えて仕方がなかったが、交流試合以外に別道場の者と木刀を交えることは厳禁であり、つまらぬ挑発に乗ってはいけないと、師範から言い渡されていた。

『どうした、逃げるのか、腰抜けめ』

この場を離れようとする一行の行く手をふさぎ、別道場の連中は、腰抜け、腰抜け、としつこく絡んで囃し立てる。

悪口雑言に耐えてきた友人が、ついに低い唸《うな》りを上げた。

『誰が腰抜けだ。黙って聞いてりゃいい気になりやがって』

元々が気性の激しい男である。溜《た》め込んだ末に爆発した怒りには凄《すさ》まじいものがあった。

『よせ、蒼一郎っ』

木刀を振り上げ、打って掛かろうとするところを、背後から伊東が抱き止めた。だが大柄な身体《からだ》はとても一人で抑えきれるものではなく、同門の仲間たちも、わあっと両手両足にしがみつく。

『お前ら、放せっ』

放すわけにはいかなかった。薄笑いを浮かべて見物している連中の半分は旗本の子弟であり、対するこちらは半分が町方の子だ。最初から手出しが出来ないと知った上での挑発なのである。

『ふん、クズどもが』

路上に転がってもがき暴れる男と、それを押さえつける伊東たちを一瞥《いちべつ》し、旗本の子弟に率いられた連中は悠々と立ち去った。

かなりの間を置いて、立ち上がった友人も昌平橋の向こう側へと帰って行った。魂が抜けたかのように揺らぐ背中を、伊東たちは黙って見送るしかなかった。

強い日差しの下、音夢は頭がくらくらした。

思わぬ長話をひとくさり終えた伊東は、今もそこに歩み去る友人の幻が見えるのか、遠い目で橋の北詰を見ていた。

「それきり蒼一郎は道場に来なくなった。ついに頭髪がなくなったと聞いて、何度か但馬屋を訪ねようとはしたが、店の前まで行くと気が萎《な》えた。やつに会うのが怖かったからだ」

「怖い……？」

　何が怖いと言うのだろう。

「あの強気な男が気落ちした姿など、俺は見たくなかったのさ」

　髷を結えない以上、侍になる道は閉ざされたも同然だった。髷は欠くべからざる武士の象徴なのである。

「やつの父親が医者を招いていたようだが、残念ながら髪が伸びたという話は聞かなかった」

　但馬屋は市中に複数の借家を有する素封家だ。きっと近在の名医を片っ端から呼び集めたことだろう。

「結局、やつは翌年の春に江戸を出た。京都の有名な蘭方医《らんぽうい》に最後の望みを託したらしいが、それきり何年も音沙汰《おとさた》はなかった」

　ところが、もう江戸には戻らないつもりだろうと考えていた伊東の前に、ある日突然友人が現れた。

　八年ぶりに帰ってきた但馬屋の息子は、今では誰もが見慣れた姿で、旧友たちの前に立った。つるつるの禿《は》げ頭に作務衣《さむえ》を着込んだ、鍼医者・安眠として。

「驚いたよ。医者の助けを求めて出て行った男が、医者になって帰って来たんだから」

伊東が背を預けていた橋の欄干から離れた。少し遅れて音夢も歩き出す。随分と長い休憩だった気がしたが、橋の上に落ちる影の長さはほとんど変わっていなかった。

明神下の緩い坂道を上る途中で、伊東は小商いの店ばかりが並ぶ通りへと道を折れた。漬物屋と煙草《たばこ》屋に挟まれた小路をすり抜ければ、安眠の住む裏店への近道となるのだ。

「お音夢さん。悪いがここから先は一人で行ってくれ」

小路を抜けた所で伊東が立ち止まった。ついでにこれを頼む、と袂から取り出した菓子の包みを差し出す。

「もう、そこですよ」

安眠の治療所は目と鼻の先だ。

「すまん、俺は急用だ」

強引に菓子を押し付け、裾《すそ》をからげて走り去る。

そのひょろ長い姿が長屋の総後架《そうこうか》へと消えるのを見て、音夢は合点した。総後架とは共同便所のことである。

（伊東さまも大変だわ）

まだ柔らかい安倍川餅を託された音夢は、ほんのり漂う艾の香を嗅《か》ぎながら、〈はり・きゅう〉の貼紙《はりがみ》がある家の前に立った。

「ごめんください」

表戸を三寸ほど引き開けた向こうに、柄杓《ひしゃく》を使って水を飲む男の姿があった。

「やぁ、誰かと思えば――」

柄杓を水瓶《みずがめ》の上に戻した安眠が、半開きの表戸をさらに開いて音夢の前に立った。

つい目が行ってしまう頭に、かつて武家風の髷が乗っていた痕跡《こんせき》はない。薄い眉毛も黒々と生え揃っていたとしたら、随分と印象が違ったことだろう。

「どうした。俺の顔に何かついているかい」

「あ、いえ、これを」

音夢は慌てて視線を下にずらし、抱えた包みを手渡した。

「伊東さまからお預かりしました」

「おっ、安倍川餅だな」

甘いものに目がない鍼医者は、竹皮の包み方を見ただけで中身を言い当てた。

「こいつは小伝馬町の番屋でしか買えないんだ。木戸番のかみさんが注文を受けて作るんだが……ああ、入ってもいいんだぞ」

安眠は身を退け、しきりに中を覗《の》き込もうとしている音夢を招き入れた。

「省吾のやつは忙しいのかい」

「途中までは一緒だったんです。私はご隠居さまに用があって」

音夢が治療所に入るのはこれが初めてだった。

勧められた待合用の縁台に座って室内を見回すと、土間を上がった四畳半には、古めかしい薬箪笥《くすりだんす》と幾つもの道具箱が積み上がり、薬研《やげん》や乳鉢なども置かれていた。足の踏み場もない散らかり具合から察すれば、奥の六畳間で患者を診ているらしい。

「汚ない家だろう。そうだ、もらった安倍川でも食うかい」

「いえ、今は……」

まだ空腹ではないと辞退した音夢は、持ち歩いていた合切袋の中から雑に丸めた懐紙を取り出して開いた。

「そりゃ何だ?」

「お麩です。砕いて池の金魚にやってください」

くしゃくしゃの懐紙に載っていたのは、桜や紅葉の形をした飾り麩だった。店を出る直前に思い付き、台所にあったものを失敬して来たのだ。

しかし、金魚と聞いて安眠は困った顔をした。

「悪いが、あれはもういない。患者にやっちまった」

疳《かん》の病《やまい》の子供がいる商家で、若夫婦がシシガシラやリュウキンを古い手水鉢に入れて大切に飼っている。ここなら最後まで世話してもらえると踏んだ安眠は、見舞いにかこつけて押し付けたのだ。

「そうだったんですか……」

音夢はがっかりした。但馬屋の池で一緒に餌をやりたいと思っていたのだ。

「金魚を漁《あさ》りに来た鳥を、あんたが追っ払ってくれたんだってな。長い首根っこを摑んで叱りつけたそうじゃないか」

しかも間違った話が大袈裟に伝わっている。

恥ずかしくなって飾り麩を引っ込めようとした手を、安眠が押し止《とど》めた。

「待て待て、せっかくだから置いて行けよ。そうだ、隣の隠居なら吸い物にでも浮かべて食べるだろう。あの爺《じい》さんは腹の足しにもならない麩菓子が好きだから」

身も蓋《ふた》もない思いつきだが、家に持って帰るよりはいいだろう。

「そうします。どのみち今日はご隠居さまの本をお返しするつもりで……」

ああっ！　と、大事なことに気付いた音夢が大声を出した。

「驚くじゃねぇか。どうしたい」

「草紙本、持って来るのを忘れた……」

風呂敷に包んで用意していた本を、台所に置いてきてしまったのだった。

「ひょひょひょっ、また今度持って来てくれれば良いわさ。今日は飾り麩をもらったことだし」

「あーもう、私ったら本当にそそっかしくて」

頬を赤らめる音夢の隣で、塗屋の隠居が鉢の開いた大頭を揺らして笑った。

二人は美神堂の縁台に並んで腰掛けていた。安眠の治療所を出てすぐ、隣家の前にいた瓢兵衛とばったり顔を合わせ、飴薬を御馳走してあげるからと誘われたのである。もしかしたら若い二人の会話を壁越しに聞いた上で、音夢が外へ出るのを見計らっていたのかもしれない。それが証拠に瓢兵衛は新しい夢草紙を袂に入れていた。

「次は必ず、この本と合わせて二冊お返しに来ますから」

「そうしておくれ。独り住まいの年寄りには、あんたのように元気なお客が何より嬉しいからね」

仲良く草紙の内容について語らう二人の横では、品の良い老女がゆっくりと薬湯をすすっていた。もうひとつある縁台には、息子と思《おぼ》しき男が老父を座らせ、熱々の薬湯をこぼさないよう手を添えて飲ませている。

店先で気軽に頼める薬湯は、年寄りに人気があった。

参拝のついでに飲んでゆき、気に入ったら次もまた立ち寄る。そのうち家でも煮出して飲みたいからと、袋入りの振り薬を買ってくれる。

高価な原料を使った薬湯が一杯四十文では割が合わないようにも思えるが、顧客を増やす手段と考えれば、決して損な商いではなかった。事実、甚八が店を継ぐ頃には祖父の代の借金も完済し、お鐵の内助の功もあって少々の蓄えも出来ているのだ。

「お音夢さんよう、うちの飴薬はどうだい」

相変わらず煤《すす》けて萎《しな》びた顔の甚八が、よれよれの前掛けで汗を拭いながら現れた。

振り薬の中には焙煎《ばいせん》が必要な薬種も含まれる。大きな平鍋に被《かぶ》さって、薬種を炒《い》りあげる作業を何年も続けていたら、こんな風に肌の隅々まで煤けてしまうのかもしれない。

「美味しいです。先だって頂いたものを味見した家の者も驚いてました。これがお薬だとは思えないって」

そうだろう、そうだろう、と萎びた顔が何度も頷き、奥の作業場へ引っ込む。

入れ替わりに出て来た女将が、隣席の客が立ち去った跡を片付けながら小声でささやいた。

「悪いね、気を遣わせて」

「あら、お鐵さん。お世辞じゃなくってよ」

染井屋の衆が珍しい飴薬を喜んだのは本当だが、お鐵が冷めた笑みを浮かべて見回す店先は、以前に来た時と変わらぬ客の入り具合だった。軒先に『飴薬あります』と書かれた板が下げてあるものの、縁台に座る客たちはみな薬湯を注文する。飴薬を頼んだのは自分たちだけだ。

飴薬の売れ行きが思わしくないことは、前もって瓢兵衛に聞かされていた。

江戸っ子は初物と流行《はや》り物に目がない。どこかに話題の品があると聞けば、それが高値だろうと遠方だろうと、他人より一刻でも早く手に入れ、自慢することを至上の喜びとしている。未《いま》だ飴薬の話題が人の口に上らないというのは良くない兆《きざ》しなのだ。

「ところで、お音夢さん」

幸先の悪さを感じているお鐵が話を変えた。

「今日のお召し物も見事だねぇ。季節に先駆けて色柄を選んでいるあたり、さすがは染井屋のお嬢さんだよ」

音夢が外出用として着替えてきたのは、柳茶《やなぎちゃ》と呼ばれる渋い緑の地色に流水が描かれ、その上に鮮やかな緋《ひ》色や梔《くちなし》色の紅葉《もみじ》を散らした小袖《こそで》だった。まだ裏地はついていないが、竜田川《たつたがわ》の紅葉にちなんだ絵柄が深まる秋を先取りしている。合わせた太帯は、黒地に金茶の紗綾《さや》形模様だ。

「ありがとうございます。うちの家業が古手問屋なので、私が着ているものは全《すべ》て店で仕入れた着物なんですよ」

「へぇえ、あんたでも古着を着るのかい」

お鐵が驚いた通り、染井屋ほどの身代であれば、呉服屋を呼んで四人の娘たちに新物の衣装を誂《あつら》えさせるのは簡単なことであった。しかし主《あるじ》の藤右衛門は、奉公人のお仕着せは言うに及ばず、自慢の娘たちにも決して新品を着ることを許さなかった。人さまに古着を売って儲《もう》けた金で、これ見よがしに新しい着物を買うなどもっての外との考えからだ。

「さすがは染井屋さん。わきまえていなさるねぇ」

溜息《ためいき》を交えて感心する女将の言葉に、追従する者があった。

「いやはや、全くでございます。裸一貫から大店《おおだな》を構えるお方の心掛けは違いますな」

誰かと思えば、いつの間にか老鶴《おいづる》のように痩せて首の長い男が縁台の前に立ち、音夢の隣の空席を指差していた。

「こちら、ご合席させて頂いてもよろしゅうございますかね」

ご合席もなにも、通りがかりに座ってお喋《しゃべ》りだけをして行く者がいるほど気楽な縁台である。どうぞどうぞと瓢兵衛との間を詰めて勧める席に、男はするりと腰を据えた。

「どうも恐れ入ります、お嬢さん。いや、それにしても良いお召し物だ。今しがた明神さまへお参りをした帰りなんですがね、遠目にもそれと分かる上品な色目に、ついふらりと引き寄せられた次第です。そうしたところが染井屋さんの名が聞こえたもので、これは是非ともご挨拶をと……」

すらすらと舌の良く回る男であった。仕立ての良い水浅葱色の着物と揃いの羽織をきっちり着込んだ姿は、よく見れば鶴というより、もっと別の鳥に似ている気がする。

「うちをご存じなんですか」

「勿論でございますよ。申し遅れましたが、手前は吉祥堂《きつしようどう》本店の者でございます。染井屋さんにはいつも当店を御贔屓《ごひいき》にして頂きまして、誠にありがとう存じます」

「ああ……」

音夢ばかりではなく、塗屋の隠居も、美神堂の女将も、その店名を聞いて声を上げた。日本橋通町《とおりちょう》に本店を構える吉祥堂は、江戸中のお大尽たちが通う菓子の名店なのである。

「たしか先月の中頃でございましたか、ご両親さまとお越しいただきましたな」

不眠の病が癒えた祝いとして、世話になった先々へ吉祥堂の菓子を贈っていた。それ以前にも何度か訪れているので、大番頭や中番頭の顔も見知っているが、目の前の男に覚えはない。

「ごめんなさい。私、お顔を覚えてなくて」

「当然でございますよ。手前はあまり店先に出ませんのでね」

男は澄まして長い首を反らした。売り場に出ないということは、奥で菓子を作る職人だろうか。

「ところでお嬢さん、失礼ですが、先ほどから何をお召し上がりで？」

男の目は、音夢が手に握ったままの竹箸を見ている。

飴薬について教えると、大いに興味をそそられた様子で、横の縁台を片付けていたお鐵に声をかけた。

「もし、女将さん。手前にも飴薬をお願いします」

「いいんですか。竹箸に巻いて五十文ですが……」

注文を受けたお鐡は及び腰である。たかが水飴一巻きに五十文とは許し難い暴利だと、何人もの客に怒鳴られていたのだ。

だが金子《きんす》で支払いをする客も少なくない高級菓子店の男は、五十文ごときで動じなかった。

「構いませんよ。染井屋のお嬢さんのお話では、こちらで扱っておられる振り薬と同じ効能があるそうではございませんか。だとしたら決して高いお値段ではありません。むしろ――」

最後まで言わない男の顔に、慇懃《いんぎん》な態度とは正反対の表情が浮かんだが、柔和な笑みがたちまちそれを覆い隠した。

「いやいや、是非とも味わいたいものです」

そこまで言われては断る理由がない。

待つほどもなく竹箸に巻き付けた飴薬を持って現れたのは、筋張った女将ではなく、煤けた顔の男だった。

「どうも、ご注文ありがとうございます。美神堂店主の甚八と申します」

お鐵から話を聞いたのだろう。普段はがらっぱちな甚八が、いつになく丁寧な口調で礼を述べた。

「これはまた、お忙しいところを手ずからお持ち頂くとは恐縮でございますな。いえ、受皿は結構。このまま頂戴《ちょうだい》いたしますよ。おお、とろりとして美味しそうだ」

見た目はさして旨《うま》そうでもない焦げ茶色の飴薬を、吉祥堂の男は舐める前から褒めた。それから口に含んだものを、ゆっくり時間をかけて味わう。

「ふむ、これは不思議。確かに薬湯の味がしますが、舌触りと甘さは水飴だ。いや面白い、実に面白い」

しきりに感心する男は、丁寧に舐めた竹箸を甚八に返して言った。

「一本では物足りません。お代わりをお願いします」

甚八は目を丸くした。

「えっ、その……本気ですかい」

「まさか二本では効き目が強すぎて、かえって身体に悪い、なんてことはありませんでしょうな」

「そ、そりゃ大丈夫です。生薬が溶け込んでますから一時に沢山はいけませんが、竹箸で二、三本なら害にはなりませんや」

「では、お願いします」

奥へすっ飛んで行った甚八が、踊るような足取りで運んで来たお代わりの飴薬を、男は水飴よりも甘い言葉で褒めた。

苦心して作り上げた品を認められたのが嬉しくて仕方のない甚八は、問われるままに飴薬の効能について説明している。

調子に乗って秘伝の配合まで教えてしまわないか、余所事《よそごと》ながら心配する音夢の耳に、七つを告げる寛永寺の鐘が聞こえた。

黙って成り行きを見ていた瓢兵衛が、それを汐《しお》に腰を上げる。

「そろそろ家に帰った方がいい時刻さね。どれ、駕籠屋までは儂が送ってあげよう」

親切な申し出に従い、音夢も縁台を離れた。

緩い坂を下る途中で振り返れば、美神堂の店主は作業場をおっぽり出したままでお喋りを続けていた。

対する吉祥堂の男は、縁台の上で長話に根気よく耳を傾けている。その長い首筋と、痩せた身体に水浅葱色の羽織をまとった姿は、池の縁で金魚を狙うアオサギにそっくりであった。

同じく店を振り返っている塗屋の隠居にそう言ってみると、お馴染みの笑いが飛び出した。

「ひょひょひょひょ、あんた上手《うま》いことを言う。確かにあの男はアオサギに良く似ているよ」

いかにも可笑《おか》しげに頭を揺すったあとで、こっそり付け加える。

「まだしも〈青鷺火《あおさぎのひ》〉の方がタチが良い……」

「えっ、アオサギの何ですか」

音夢の問いかけに、おや、聞こえてしまったかとばかり、瓢兵衛は肩をすくめた。

「あちこちで見られる怪異のことだよ。さっき貸した本に書いてあるから家で読んでごらん。ほれ、もう駕籠屋に着いた」

明神下の外れで町駕籠に乗った音夢は、瓢兵衛に見送られて帰路についたのだった。

＊

〈青鷺火〉とは、木の枝にとまった鷺が、夜中に青白く光る怪異のことである。鷺の種類をアオサギに限っているのではなく、青い光を放つ鷺という意味で青鷺火と呼ばれる。特に人を害した記録は残っていないらしい。

（青く光るだけなんて、さして怖くない妖怪《ようかい》なのね）

音夢は何度も繰り返して読んだ草紙本を風呂敷に包んだ。

早めに返すつもりだったのに、またしても十日近くが経ってしまった。激しい野分《のわ》きが吹き荒れ、強風の過ぎた後には秋の長雨が続いたのだ。ようやく雨が上がったのは今朝のことだった。

雨戸を開けた縁側から澄んだ青空を見上げた音夢は、いそいそと外出の支度をした。

母親に行き先だけでも告げておこうと襖《ふすま》を開けたところ、誰もいない居間の茶箪笥の上に、見慣れない紙包みが置いてあった。

軽い気持ちで手を伸ばした包みから滑り落ちたのは、白い晒《さら》しの帯である。

「これは——」

「岩田帯《いわたおび》だよ」

振り向いた先に母親が立っていた。

裏庭で摘んだ野菊の花瓶を床の間に置き、母親はそっと畳の上の帯を拾い上げた。

「——どっちなの」

冷静に訊ねたつもりの声が掠《かす》れた。

染井屋では長女の自分を除いた娘三人が嫁いでいる。駆け落ちした末娘の行方《ゆくえ》が分からない以上、次女か三女のどちらかが安産祈願の岩田帯を使うのだ。

「皐月に届けようと思ってね」

そんな気はしていた。次女の皐月が嫁いで丸二年以上が経つ。今まで懐妊の知らせがなかったのが不思議なくらいであった。

「まだ帯を締めるのは先の話だけど、悪阻《つわり》が酷《ひど》くてロクに食べられない日が続いてたんだよ。大女将のお久仁《くに》さんは無理をしないよう言ってくださるみたいだけど、はいそうですかと昼間から横になるような娘じゃないし」

皐月が嫁いだ尾張屋は、お店で働く奉公人の他に、荷運び人足なども大勢出入りする大店である。店屋敷の奥向きを仕切る女将の忙しさも半端でない。

「それでね、お久仁さんとも相談して、悪阻が続く間だけでも他所《よそ》で養生させることにしたんだよ」

「他所って――」

ここに戻って来るのだろうか。

緊張の走る娘の肩を、母親は空いた片手で軽く撫《な》でた。

「先月から綾女の家にいるよ」

神楽坂の料亭へ嫁いだ三女が、吐き気を堪えて立ち働く皐月の様子を聞きつけ、自分たちの新居に呼び寄せることにしたのだった。料亭の裏にある若夫婦の別宅は、皐月が女中を連れて押しかけても十分過ぎる広さがあった。

「そうだったの……」

音夢はようやく腑《ふ》に落ちた。先月から妙に両親がそわそわして外出を繰り返していたのは、そんな事情があったからなのだ。

神楽坂へ移って以降、皐月の悪阻は軽くなったのだという。

「これから久しぶりに見舞うのだけど、あんたは――」

「橘庵へ行く」

考えるより先に口が動いた。

風呂敷包みを引っ摑み、慌ただしく家を出る長女を、母親は引き止めようとしなかった。

「薬は沁《し》みませんか」

「平気です。ご迷惑をおかけしてしまって……」

音夢はしょんぼり肩を落とした。

「これしきのこと、迷惑でも何でもありませんよ」

尼僧の声と言葉は、相変わらず耳に心地良い。

橘庵の板張りの床で二人は向き合っていた。袖を捲《まく》り上げた音夢の肘《ひじ》に、庵主が傷薬を塗り終わったところだ。

　染井屋を飛び出した音夢は、駕籠を雇うことも忘れて走った。前に定町廻り同心の伊東と歩いた道のりを一人で駆け通し、ようやく辿り着いた明神下の参道で、下駄の鼻緒が切れて転倒した。すぐには起き上がれないでいたところを但馬屋の下男が見つけ、そのまま抱え上げられてここへ運ばれたのだった。

「念のためですから、あとで安眠先生に診て頂きましょうか」

　その必要はないと断った。

　派手に転んだわりには、左肘の擦り傷だけで済んでいた。なかなか起き上がれなかったのは、走り通しで息が切れていたせいだ。

「では、お茶を差し上げましょうね」

　傍らの土瓶を引き寄せ、庵主は冷ましてあった茶を注いだ。

「庭の薬草を使ったお茶です。落ち着きますよ」

　勧められた茶を二杯飲み終える間に、ここまで夢中で走って来たわけを洗いざらい話していた。

「ごめんなさい、またつまらない愚痴をお聞かせして」

庵主が静かに首を振る。言葉はなくとも口元に添えられた微笑が、こちらの言い分を全て受け止めている証《あか》しだった。

そんな大人の佇《たたず》まいを見るにつけても、音夢は己の未熟さが身に沁みた。

（お父っつぁんもおっ母さんも、私に気を遣ってばかり。皐月ちゃんは実家で養生させてあげるのが本当なのに……）

皐月は家を出た日から一度も里帰りをしたことがない。

幼い日の口約束とはいえ、皐月の嫁いだ尾張屋の朝太郎が、音夢の許婚《いいなずけ》も同然だったからだ。

正式な結納を交わす段になって、自分ではなく妹の皐月に来てもらいたいと先方から申し入れがあった時、なぜそうなったのかを音夢に説明してくれる者はいなかった。気弱な分だけ優しい朝太郎が、自分をないがしろにするとは思えない。払《はら》い除《の》けられた理由がはっきりしないまま、二人の門出を祝う運びとなったのだ。

妹を恨むつもりは毛頭なかった。

無口で我慢強い皐月のこと、黙って親の取り決めに従ったのだと自分を納得させ、次々と見合いの席に臨んだ。結果は惨憺《さんたん》たるものだったが、お蔭《かげ》で鍼医者と出会うことが出来た。今となっては朝太郎に未練などないはずだったのに……。

皐月の懐妊を知った途端、心が疼《うず》いた。

気が付けば橘庵へ向かってひた走っていたのである。

「とにかく軽い怪我《けが》で済んだのが幸いです」

下駄の鼻緒が切れるまで駆け通した娘に、庵主は分別臭い説教を聞かせたりはしなかった。

「お音夢さんは、よほど転び方がお上手なのですね」

そんな褒め方もあるのだと、思わず笑みがこぼれる。

鮮やかに微笑み返し、三杯目の茶を淹れようと土瓶に伸ばした尼僧の指先がふと止まった。縁側の階を上る重たい足音がしたからだ。

「やーれやれ、やっぱり無駄でした」

男の声が聞こえたと同時に、勢いよく障子戸が引き開けられる。

「おや、あんた居たのか」

音夢を見るなり目を見開いたのは安眠だった。

「――ご無沙汰してます、先生」

久しぶりに会って『居たのか』とは随分な言《い》い種《ぐさ》である。もう患者ではない自分が度々押しかけては迷惑なのかもしれない。

板張りの床に座り込んだ安眠は、己の一言でしゅんと萎《しお》れた娘を構うことなく話を続けた。

「まさに糠《ぬか》に釘《くぎ》ですよ。こっちが言ってることの半分も耳に入らないんだから始末が悪い。忙しいから後にしてくれの一点張りで、早々に追い出されました。夕方から料亭で大事な打ち合わせがあるそうです」

何のことだか分からない娘に、頃合いを見計らって庵主が耳打ちする。

「先生が気にしておられるのは甚八さんです。美神堂の飴薬を卸して欲しいという人が現れたのですよ」

音夢の頭の中に一羽の鳥が思い浮かんだ。長い首を伸ばし、目を細めて獲物を狙うアオサギの姿が。

「もしかして、吉祥堂さんのことでは……」

安眠が驚いてこちらを向く。

そこで十日ほど前に吉祥堂で働く男が美神堂を訪れ、飴薬を褒め千切っていたことを話した。

「なるほどな。その男から面白い水飴があると聞いて、今度は大番頭がやって来たわけだ」

吉祥堂の大番頭は、甚八に会うなり商談を持ちかけた。うちの店で飴薬を扱わせて欲しい。任せてもらえるなら、必ずお宅の飴薬を江戸で知らぬ者のない人気の品に押し上げてみせると。

たちまちその気になった甚八は、何度か話し合いの場に出向いているのだという。

「眉唾《まゆつば》ものの話だ」

安眠が薄い眉を指の腹でなぞった。

「日本橋の有名店だか何だか知らんが、必ず人気の品にしてみせますなんて大口叩くやつを、俺は信用する気になれん」

そう言って口を尖《とが》らせる鍼医者も、流行《はやり》とは縁のない庵主も、話題の菓子舗について何の知識もないらしい。

「でも、あの吉祥堂さんが飴薬を人気の品にすると言ったのなら、単なる大口では終わらないかもしれません」

「お音夢さんが信用するほど実のある店なのかい」

「実の有る無しまでは分かりませんが……」

くだんの店が商売に長《た》けていることだけは確かだった。

明暦《めいれき》の大火の翌年に創業した吉祥堂は、当初は素朴な饅頭《まんじゅう》などを売る小店であったものを、今の店主の代になって高級菓子を中心とした品揃えに一変させた。これが大いに当たり、今では麴町《こうじまち》と冨岡八幡《とみおかはちまん》門前町にも店を出す人気店となっている。よそに比べて大幅に値の張る品物ばかりだが、ここぞという時の贈答用として、吉祥堂の菓子を選んでおけば間違いはないのであった。

「少し前に両親がお贈りさせて頂いたお菓子も、実は吉祥堂さんで買ったものなんです」

ああ、あれが——と、鍼医者と尼僧は顔を見合わせた。

娘の快気祝いとして届けられたのは、手の込んだ寄木細工の箱に納められた、かすていらと呼ばれる南蛮風の焼菓子であった。

かすていらの他にも、金平糖《こんぺいとう》や有平糖《あるへいとう》などの砂糖菓子が吉祥堂の売り物として知られている。色とりどりの金平糖はギヤマンの壺《つぼ》に。花の形に成形した有平糖は九谷焼《くたにやき》の鉢に盛られ、目玉が飛び出しそうな値段にもかかわらず贈答用として定着した。

それだけではない。年に一、二度は新しい菓子を売り出すことでも、吉祥堂は江戸っ子たちの関心を引いている。

昨年の正月は蓮《はす》の根を使った砂糖漬けが瞬く間に売り切れ、秋には栗《くり》の甘露煮を包み込んだ求肥《ぎゅうひ》が話題をさらった。今年の雛祭《ひなまつ》りには、輪島塗りの重箱に詰めた雛あられが売り出されたが、これは高値で転売する者が現れるほどの人気であった。

「吉祥堂さんのお菓子はどれも質の良い美味しいものです。それをギヤマンや輪島塗りなどの器に容《い》れることで、より高価な品物として売り込むんです」

今では裕福な町人だけでなく、大名家の御用人までもが店に出入りしているのだという。

「ふううむ」

腕組みをした安眠は、鼻から大息を吐き出した。吉祥堂の隆盛ぶりを聞いて更に憂さが増したようだ。

「先生は心配なのですよ」

庵主が鍼医者の心中を代弁した。

「美神堂さんは今まで大きなお商売をしたことがありません。結構なお話を頂いたことが、却《かえ》って裏目に出てしまうのではないかと案じておられるのです」

今まで足を踏み入れたこともない高級料亭に招かれ、商談と称した接待に舞い上がった甚八が、肝心なところで上手く立ち回れるのか、気が揉《も》めて仕方がないのだ。

「俺だって横槍《よこやり》を入れたいわけじゃない。どう転ぶかなんて、やってみないことには分からん話だしな。ただ、話の進め方が早すぎる気がして……」

たとえ千載一遇の機会であろうと、もう少し先を見る余裕があっても良さそうなものだと安眠はいう。

(先生ったら、意外と気にする質《たち》なんだわ)

気持ちは分からないでもないが、音夢としては甚八を応援したかった。何より、あの吉祥堂がどんな風に飴薬を売り出すのか、考えただけでわくわくする。

もっと詳しく知りたいと思っているところへ、妙に間の抜けた声が外から聞こえた。

「もうし、もうしぃ、おられますかぁ」

「おう、何だぁ」

真っ先に返事をした安眠が、立ち上がって障子戸を開ける。

「坊ちゃんじゃありません。可愛《かわい》い嬢さんを呼んどります」

音夢が縁側へ出てみると、総髪をひとつに束ねた男が下駄を抱えて立っていた。但馬屋の下男である。

「嬢さん、直りましたです」

「ありがとう、寅さん」

切れた鼻緒は端切《はぎ》れで丁寧に挿《す》げ替《か》えられていた。

「なーんだ、そういうことかい。俺はまた、あんたが大伝馬町から裸足で歩いて来たのかと思った」

さっき顔を見るなり、『あんた居たのか』と言ったのは、階の下にそれらしい履物がなかったからだ。

自分が煙たがられたのではないと分かり、音夢は少し救われた気持ちで下駄に足を入れた。

「もうお帰りなのですか」

「はい、庵主さま」

乱れていた心は、尼僧に話を聞いてもらったことで不思議と落ち着いていた。慌ただしく飛び出して来た手前、帰宅が遅くなると家の者にいらぬ心配をさせるかもしれない。

「突然お邪魔して済みませんでした。それと、ご隠居さまの本のこと、宜しくお願いします」

留守にしている瓢兵衛の本は、橘庵に置いてゆくことにした。

「戻られたらお返ししておきましょう。安眠先生、お手空《てす》きでしたら駕籠屋さんまで送って差し上げたらいかがです」

心の臓がどくんと跳ねた。

だが淡い期待は一瞬でしぼんだ。全く乗り気でない様子の鍼医者が、そろそろ瀬戸物町の婆《ばあ》さんが膝の治療に来る頃だからと、下男にお供を言い付けたからだ。

「寅にお任せです。嬢さん行きましょう」

気の良い下男は、大事なご用を仰《おお》せつかって張り切っている。

音夢も不服な顔を見せるわけにはゆかず、粗末な膝切り姿の寅を従えて歩き出した。

ふたつの土蔵の間から横丁へ出る前に振り返れば、橘の古木の下で寄り添う男と女の姿があった。

女は樹上の青い実を指差して何か言っている。

答える男は橘の実ではなく、墨染の衣から伸びる白い腕と、美しい横顔を見ていた。

音夢を見る時とはまるで違う、熱を帯びた眼差《まなざ》しで……。

「嬢さん？」

動かなくなった音夢を、寅が気遣わしげに振り返る。

「どこか痛いですか。転んで怪我をしとりますか」

「ううん、なんともないのよ」

元気なところを見せるつもりで横丁を走り抜けると、今度は背後から呼び止められる。

「あ、ちょっとの間ここで待っとってください」

但馬屋の前に音夢を残し、寅は店の潜り戸《くぐど》を開けて入っていった。

戸の内側に見えるのは、かつて但馬屋が商売に使っていたであろう土間だ。今は綺麗さっぱり片付き、老舗らしい往時を思わせるものは何も残っていない。薄暗い板の間にも家具や調度の類は見当たらず、がらんとした空家のようである。

ほどなく屋敷を走り抜ける足音が聞こえ、音夢は慌てて戸の隙間から首を引っ込めた。

「嬢さん、お待たせでした」

表通りに戻った寅は、二本の団扇を手にしていた。そのうちの一本を見て音夢が声を上げる。

「あ、私の――」

若鮎《わかあゆ》が描かれた団扇は、いつぞやアオサギを追って但馬屋の裏庭へ入り込んだ際に失《な》くしたものだった。逃げ帰る途中で落としたことは分かっていたが、わざわざ取りに戻るのが恥ずかしくて諦めたのだ。

雨風に晒された団扇は痛ましいことになっていた。

「藪の中に落ちとりました。もうこれは使えんだろうから、代わりにこっちをお渡しするよう旦那さまが申しましたのです」

差し出された新しい団扇には、ふさふさとした紅刷毛《べにばけ》のような花の画《え》が描かれてあった。

「寅さんの旦那さまって但馬屋さんのことでしょう。この画も但馬屋さんがお描きになったのかしら」

下男が髭剃り跡の濃い顎《あご》を引いた。

「嬢さんと同じ名前の花を描いたと言うとられました」

良く見れば、花の下に小さな文字で〈蒼天〉の雅号がある。なぜ但馬屋蒼天が、会ったこともない音夢の名を知っているのだろう。

「庵主さまが来るたびに話しとりますから。旦那さまがしんどくなると、あのお方が看病に来ますのです」

もしかしたら安眠が自分のことを父親に話してくれたのかと期待したが、見当違いだったようだ。

明神下の参道を強い秋風が吹きぬけた。

美神堂の縁台では、客たちが静かに薬湯を飲んでいる。

何を揉めているのか、奥の作業場でなじり合う甚八とお鐵の声が、店の外まで聞こえてくる。今日のところは立ち寄らない方が良さそうだ。

音夢はすっかり季節外れとなった団扇を手に、縁台の前を速足で通り過ぎた。

神田川堤に面した道を曲がれば駕籠屋はすぐそこだった。広い土間には大勢の人足が、空いた駕籠を担いで出入りしている。

「おっ、寅公。久しぶりじゃねぇか。旦那さんのご用かい」

駕籠かきたちを指図していた男が、但馬屋の下男に気付いて声をかける。

「今日は嬢さんのお供なのです」

胸を張る寅の背後に若い娘の姿を見つけ、男は頭に被っていた手拭いを外した。音夢を覚えていたようだ。

「これは染井屋のお嬢さん。今日も町駕籠でよろしいんですかい」

音夢が頷く。

大店のお嬢さまなら格の高い宿《やど》駕籠を選んでもおかしくないが、染井屋では女将も娘たちも町駕籠にしか乗らなかった。

「さいなら嬢さん。また来ますですか」

覆《おお》いを上げた駕籠に乗り込む音夢を、寅が名残惜しげに見ている。

「きっと来るわ。今日は色々とお世話さまでした」

昌平橋を渡る手前で振り返れば、破れ団扇を振り回して見送る男の姿が、覆いの隙間に見え隠れしていた。

「ちょっと止まって」

内神田に入ったところで音夢が声を上げた。

えーい、ほーい、と前後の歩調を合わせた駕籠が止まる。

「染井屋へ戻る前に、吉祥堂へ寄ってくださいな」

先棒の男が確認する。

「日本橋南の吉祥堂ですかい」

「ええ。急用を思い出したの」

行き先を承知した駕籠が再び動き出す。

揺れに身を任せつつ、音夢は考えを巡らせていた。

本当は急ぎの用などない。安眠があれほど心配する美神堂の飴薬について、無関心ではいられなくなっただけだ。例のアオサギに似た男が本当に吉祥堂で働いているのかも確かめたかったので、買い物にかこつけて店を偵察することにしたのだった。

吉祥堂菓子舗の本店は、江戸商人にとって憧《あこが》れの日本橋通南一丁目から横道へ折れて二軒目にあった。

音夢は町辻で駕籠を待たせ、歩いて店の正面に立った。

臙脂《えんじ》色に折鶴の紋が白く染め抜かれた暖簾《のれん》の向こうでは、番頭や手代たちが客への応対に当たっているが、その中にアオサギに似た男の姿はなかった。

本店の他に二軒の出店を持つ菓子舗ともなれば、店先の仕事と作業場での菓子作りは完全な分業である。

（やっぱりお菓子を作る職人さんだったのかしら。だとしたらお店の人に訊ねてみないと分からないわ）

店で一番安い菓子を買うくらいの銭は合切袋に入れてある。たとえ持ち合わせがなかったとしても、音夢の顔を知る番頭を呼べば、掛けでも買い物は出来る。

女客と入れ違いに中へ入ろうとして、はたと音夢は足を止めた。大通りを曲がってこちらへ向かって来る駕籠に気付いたからだ。

吉祥堂の前で降ろされたのは上等の宝泉寺駕籠だった。もう一丁、普通の町駕籠も続けて止まる。どちらにも客が乗っていないことは駕籠かきたちの動きから察せられた。

そのまま軒下に立って様子をうかがっていると、店の中がにわかにざわつき、水浅葱色の着物に黒紋付きを羽織った男が現れた。

(居た。あの人だ……)

続いて外に出てきたのは、音夢も知っている大番頭だった。

「よろしいのですか旦那さま。約束の刻限より相当早く着いてしまいますが」

「そんなことは分かっている」

アオサギに似た男が、まだ明るい空を見上げて言った。

「待つつもりで行くのだ。招いた側が先に着いて迎えるのは礼儀として当然だからな。それに、この吉祥堂を待たせたと知れば、向こうは恐縮して一層物分かりが良くなるだろう」

なるほど、と大番頭が手を打ち合わせる。

「さぞかし美神堂は慌てるでしょう。駆け引きなどまるで知らない男のようですから」

「この機会に少しは商いを学べば良いさ」

アオサギは尖った唇の端を引き上げている。

(あきれた。あの人が吉祥堂の店主だったんだわ)

看板行燈の陰でこっそり見聞きする音夢の前を、主従が乗り込んだ二丁の駕籠が通り過ぎ、日本橋通りへと消えて行った。

＊

音夢は菊の花を観《み》ていた。

床の間に飾られた菊花は、白、黄色、赤の三色で、どれも見事な大輪咲きである。九月九日の重陽の節句に合わせて染井村の祖父から届けられたものを、立花の心得のある母親が活《い》けたのだ。

秋の涼しい室内に咲く菊花は、重陽を過ぎても葉先まで瑞々しさを保っていた。鼻に抜ける香気を感じながら、音夢は吉報が届くのを待っていた。今日で三日も待ちぼうけなのである。

やがて、店表の方が騒がしくなったかと思うと、居間へ走り込んで来た者があった。

「お嬢さま、やっと手に入りました」

「ああ待ってたのよ、おもと」

平素は自分の下で働く小女たちに礼儀を教える立場の上女中が、今日ばかりは全ての作法を無視して音夢の前ににじり寄った。

「ご覧くださいまし、早朝から並んでようやくでございます」

おもとは胸に抱えた風呂敷包みを解き、〈万寿飴〉と墨書きされた木箱をひとつ音夢の前に置いた。

木箱の中に入っていたのは磁器の小瓶《こがめ》だった。女の手のひらに乗る程度の大きさではあるが、白く透き通るような表面に、唐人風の人物が五彩で描かれた小瓶は、真正の有田《ありた》焼《やき》かと思われる。

つまみの付いた蓋を持ち上げてみると、中にはどろりとした焦げ茶色のものが入っていた。一見したところはみたらし団子のたれにそっくりだが、鼻を近づければ独特の匂《にお》いで分かる。美神堂の飴薬だ。

「これが幾らですって?」

「千文でございました」

思わずといった感じで、おもとが畳に額をこすりつけた。

銭千文で一分金に等しい価値がある。一分金が四枚で小判一枚に価することを考えれば非常に高価な買い物だ。誰にでも買える値段ではないにもかかわらず、手に入れるまで三日もかかった。

そもそも、吉祥堂の新しい菓子が売り出されるという噂が立ち始めたのは、八月下旬のことであった。

『売り始めは、九月九日の朝』

『重陽の節句に相応《ふさわ》しく、健康・長寿に効能がある』

『今回は数に限りがあるので、客一人にひとつしか売らない』

　これらの噂が前もって広がっていたため、当日の朝には野次馬も含めた大勢の客が吉祥堂本店の前に押し寄せた。ひとつ千文の値段を聞いて引き下がる者も多かったが、それでも用意されていた分は、瞬く間に売り切れてしまった。

　買いそびれた者は翌日の列に並んだ。染井屋の上女中もその内の一人であったが、運悪くあと二人で順番が回って来るところで品切れとなってしまった。一日に売る数が百に満たない上、常連客であっても決して取り置きをしないのである。

　三日目は、木戸が開くと同時に若い手代が走って順番をとった。店が始まる時刻に上女中が交代し、ようやく手に入れることが出来たのだった。

「ご苦労さま。それにしても大した評判ね」

「吉祥堂さんはお商売が上手でございますから」

　本当にその通りだと音夢は思った。美神堂が竹箸に巻いた飴薬を一本五十文で売った時にはほとんど注文する客はなかったのに、吉祥堂の手で麗しい有田焼の小瓶に詰められ、千文の値がつけられた途端、飛ぶように売れ出したのだから。

「とにかく今は神棚にでも上げておきましょう。お父っつぁんが戻ったら見てもらうわ」

高価な吉祥堂の菓子を買いに行くよう命じたのは、父親の染井屋藤右衛門だった。

「ほう、これが噂の万寿飴かい。どれどれ」

その夜、遅い夕餉の席についた藤右衛門は、華奢な小瓶の蓋を摘まみ上げて一嗅ぎした。

「確かに薬湯の匂いだ。味は以前の飴薬と変わってないのかね」

「まだ誰も試してないんですよ。どうぞ、お前さん」

母親のおさきが真っ先に取り分けた小皿を鼻先に近付けただけで、父親は皿を娘に回した。飴そのものに興味はないのである。

代わりに万寿飴を口に含んだ音夢が、風味と喉越《のどご》しを確かめた上で言った。

「同じ味よ。美神堂さんの店先で舐めたのと変わってない」

「では自分の店で仕込んだものを卸しているんだな」

吉祥堂が飴薬を売り出すという話を聞いた時には渋い顔をした藤右衛門が、少しだけ愁眉《しゅうび》を開いた。

「美神堂さんが何年も費やして編み出したものだと聞いていたからね。これまで通り自分の手で仕込みを行うなら、まぁ大丈夫だろう」

「このまま何事もなければ良いのだけど……」

おさきは小瓶に描かれた唐風の仙人たちを指で撫で、そっと木箱に納めた。

その翌日、吉祥堂は用意していたすべての万寿飴を売り切った。


次に音夢が外神田の知人たちを訪ねたのは、重陽の節句から半月が過ぎた日のことであった。

冷たい風が秋の深まりを思わせるものの、橘庵に植えられた楓《かえで》の木々は、まだ枝先から紅葉し始めたばかりだった。庵の象徴でもある橘の古木に至っては、常若《とこわか》の緑葉を茂らせ、扁平《へんぺい》に膨らんだ青い実を葉陰に抱え込んでいる。

残念ながら堂宇の中に庵主はいなかった。

次に訪ねた安眠の治療所も無人である。

嫌な予感を抱きつつ隣家の表戸を開ければ、有り難いことに塗屋の隠居だけは在宅だった。

「ああ良かった。みんな出払ってたらどうしようかと思ったわ」

安堵《あんど》する音夢を迎え入れた瓢兵衛は、上がり框の上に荷物を置くよう勧めた。

「庵主さまも、隣の先生も留守だったろう」

「やっぱり何でもお見通しなのね」

音夢は風呂敷を解き、一冊の草紙本を取り上げた。数日前、ひょいと染井屋を覗いた瓢兵衛が置いていったものだ。

「わざわざ届けてくださってありがとうございます」

隠居に返した本の上には、緋縮緬《ひぢりめん》の巾着が乗っている。

「ついでだと言っておいたのに、却って気を遣わせたかな。この巾着は吉祥堂のものだろう」

ご名察だった。日本橋の本店で買っておいた花林糖である。庶民には無縁の高級菓子ばかりを扱う吉祥堂の店内で、巾着入りの花林糖だけが、ひとつ六十文という比較的手を出しやすい値で買えるのだ。

「嬉しいよ。熱い焙《ほう》じ茶によく合うんだ」

「巾着が可愛らしいので庵主さまの分も買ったんですけど、どうしようかしら」

「儂が預かっておこう。今日は但馬屋さんの看病に就いていなさるから、いつ庵に戻るか分からんのさ」

瓢兵衛は草紙本と二つの巾着を奥の部屋へ運び、土間に戻って下駄に足を入れた。

「一緒においで。あれから色々あったんだよ」

　その色々を知りたいがためにやって来た音夢は、畳んだ風呂敷を合切袋に入れて隠居について行った。

　人通りのない横丁には、明神さまの境内から風に運ばれた銀杏《いちょう》の葉が吹き寄せられている。

　前を歩く隠居は、銀杏葉の黄色よりも落ち着いた黄朽葉《きくちば》色の紬《つむぎ》を着込み、同系色のちゃんちゃんこを合わせていた。背紋の部分に刺繍《ししゅう》してあるのは小さな逆さ瓢簞《ひょうたん》だ。

　頭でっかちで摑みどころのない瓢兵衛に相応しい意匠だと、音夢はこっそり微笑みながら横丁を抜けた。

　表通りへ出た途端、雑多な音が一斉に耳の中へと流れ込んだ。

　声高なお喋りに引かれて横を向くと、いつになく但馬屋の軒下が賑《にぎ》やかだった。並べて置かれた縁台に数人の客が腰掛け、普段は閉めきっている板戸も開放されている。

　但馬屋が店を再開したのかと思って良く見れば、客の注文を聞いているのは美神堂の女将であった。

「お鐵さんや、儂らにも薬湯をたのむ」

「あら、ご隠居さん。それにお音夢さんも――」

こちらに笑顔を向けたお鐵は、振り薬を求める客への応対に忙しそうである。

訳が分からないまま音夢が縁台に座ると、但馬屋の店内から盆を持った人物が現れた。

「よう、いらっしゃい」

薬湯の湯吞を縁台に置いたのは、驚いたことに安眠だった。

「どうだ、似合うだろう」

よれよれの前掛けまで着けてニヤリとする姿に、音夢は思わず頓狂な声を上げた。

「先生ったら、もう鍼医者を辞めちゃったんですか」

隣に座る瓢兵衛と、安眠が同時に吹き出す。

「違う、違う。振り薬屋に鞍替《くらが》えしたわけじゃねえ。なんだ爺さん、まだ話してなかったのか」

「先にありのままを見てもらおうと思ってね」

瓢兵衛が無言で示した先は、隣の美神堂だった。

煤けた小店ながら、絶えず何人かの客が出入りしていた振り薬屋は、表戸を閉めてしまっている。

（急な普請かしら。それにしても――）

店の正面まで行き、休業を知らせる貼紙が見当たらないことを確かめた音夢は、やがて青い顔で元の縁台に戻った。

「美神堂さんは店を休んでいるわけじゃない。今でも甚八さんが一人で飴薬の仕込みを続けていなさるのさ」

誰かが店の中にいるのは分かっていた。閉ざされた板戸の向こう側にそれらしい気配があったからだ。

ただ、音夢が感じた気配は尋常ではなかった。ほんの一瞬だったが、飴薬ではなくドロドロに溶けた熱い赤銅が大釜から溢《あふ》れ、戸を破って流れ出す幻を見た気がした。

「あんたも気が付いたかい。あれは人の執着が発する瘴気《しょうき》さね。甚八さんは飴薬に、いや万寿飴に取りつかれてしまったんだよ」

重陽の節句に吉祥堂が売り出した万寿飴は、わずか四日で売り切れてしまった。市中には買い損なったことを悔しがる者が大勢いて、次の販売を今か今かと待ちかねている。

これこそが吉祥堂の商いだった。

上質の菓子を高価な容器と組み合わせ、驚くほどの高値で売って注目を集める。わざと早めに品切れさせることで更に客の欲を煽《あお》り、熱が冷めないうちに二度目、三度目とたたみかけて売り出す。

「そろそろ次が近いらしいぞ」

縁台の脇に立つ安眠が声をひそめた。

実のところ、音夢も二度目の売り出しがいつなのかが気になったので、何度も吉祥堂に足を運んでいたのだ。

花林糖を買う程度では何も聞き出せなかったが、八丁堀の伊東が自身の手蔓《てづる》を使って探りを入れていた。甘いものが苦手な伊東は、なぜか饅頭屋の娘を嫁にしているのだ。

「省吾が菓子屋仲間の重鎮から聞き出したところでは、月替わりの十月一日が本命だそうだ」

「当日は大変な騒ぎになりそうですね。縁起物のお菓子で怪我をする人が出なきゃいいけど」

初売りでは、順番を巡って客同士の小競り合いが起こったというから、次は大きな混乱が起きる前に、奉行所の役人たちが小者を置くなどの手を講じるだろう。

「ご大層な瓶に入った水飴なら俺も拝ませてもらった。小父さんが但馬屋に持って来たものだが……」

閉め切られた隣家の戸を横目に、安眠が口元を歪めた。

話は初めて万寿飴が売り出された日の晩に遡《さかのぼ》る。

秋の深まりに合わせて病状が深刻になってゆく父親のもとを、安眠は往診に訪れていた。

いつもの如《ごと》く父と子が沈黙のうちに治療を終えようとしているところへ、木箱を携えた甚八がやって来た。

甚八は繊細な有田焼の小瓶を取り出して見せ、興奮した様子で吉祥堂での盛況ぶりを捲《まく》し立てた。

布団の上に起き上がって話を聞いた蒼天は、丁寧な祝いの言葉を述べた後にこう付け加えた。

『自分の店を畳んでしまった私が言うのもなんだがね、甚八さん。美神堂の振り薬を買いに来てくださるお客さまを疎かにしてはいけないよ。今後は何事もお鐵さんと話し合って決めなさい』

祖父の代から恩義がある但馬屋の言葉に、その場では神妙な顔で頷いた甚八だったが、店に帰れば飴薬作りに没頭した。次の売り出しに向けて納める期日を定められていたからだ。

飴薬の仕込みには手間と時間がかかる。

まずは振り薬を絶妙な頃合いまで煎じ詰め、あらかじめ生薬を漬けておいた水飴と合わせて数日寝かせる。主原料である水飴は自分たちで作る分だけでは足りないので、江戸近郊から買い集める手筈《てはず》が整えられた。振り薬の元となる薬種も大量に準備され、薬の扱いに慣れた職人たちが、作業を手伝うために次々と美神堂へ送り込まれた。全ては人と物を動かすことに長けた吉祥堂の手回しによるものである。

おだてられた甚八もよく働いたが、そのうち今まで地道にやってきた家業が酷く馬鹿馬鹿しいものに思えてきてしまった。振り薬をせっせと小袋に詰めて売ったところで、薬種問屋へ仕入れ代を払えば手元に残る銭はたかが知れている。だが万寿飴と名を変えて売られる飴薬は、その何倍もの値で吉祥堂が買い取ってくれる。

いつしか甚八の熱意は飴薬だけに集中した。

長年使っていた縁台を裏庭へおっ放《ぽ》り出そうとしたり、飴薬の大甕《おおがめ》を店の床一面に並べたりするたびに、女房のお鐵が口を酸っぱくしてたしなめた。

それでも聞く耳を持たない甚八が、わざわざ振り薬を買いに来た年寄りを邪険に扱ったことから夫婦喧嘩《げんか》になり、怒ったお鐵が店を飛び出してしまったのだ。

「いつもありがとうございます。次のお参りの際にもお立ち寄りくださいまし」

客を送り出すお鐵の背中は、ぴんと筋が張っていた。

空いた縁台を手早く片付け、湯呑を乗せた盆を運ぶ無駄のない動きを見ながら、音夢は小声で安眠に訊ねた。

「お鐵さんは、それきり美神堂に戻っていないんですか」

「但馬屋の二階で寝起きしている」

安眠が見上げる虫籠《むしこ》窓《まど》の奥は、数年前まで使用人たちが使っていた大部屋だ。

「あたしも良い歳《とし》をしてさ、家を出ちまうなんて恥ずかしいったらないんだよ」

自分が話題になっていると分かっているお鐵は、安眠の傍へ来て言った。

「ところであんた、七つ前には本所へ往診に行くんじゃなかったのかい」

「おっ、もうそんな時刻になるか」

前掛けを外して縁台に置き、鍼医者は裏店へと戻って行った。

お鐵が一人になった後も、軒下の店には次々と客が立ち寄った。

「いらっしゃいまし。ええ、今だけこちらで商売させて頂いてるんですよ。いいえ、少し雨漏りがしたものですから」

常連らしい夫婦に当たり障りのない言い訳をしている最中にも、次の客が縁台に座って薬湯を注文する。

「すみません。少々お待ちを」

軒下の店はかなり忙しい。一人で大丈夫なのだろうか。

「普段は庵主さまが手伝っていなさるよ。竈《かまど》は寅さんが番をしているし、鍼医者の先生も空いた時間は顔を出している」

それまで静かに周囲の話を聞いていた瓢兵衛が、久しぶりに口を開いた。

「お鐵さんには身寄りがないからね。店を飛び出して駆け込んだ先がここだったのさ。昔から何かにつけて相談に乗っていた但馬屋さんが、自分のところの店先を使って今まで通りの商いを続けるよう勧めなさったそうだよ」

このままでは、せっかく美神堂についた客が離れてしまう。いつもの振り薬、いつもの薬湯をあてにしてやって来る客をがっかりさせないためにも、なるべく店に近い場所で商売を続ける必要があるのだと、蒼天はお鐵に言い聞かせた。

美神堂に嫁いで三十年。甚八を助けて働いてきたお鐵には、振り薬の配合も、薬種の焙煎のコツも分かっていた。

「ただし、今日のように但馬屋さんの具合が悪い時には、庵主さまが看病に手をとられてしまうからね。お運びを雇うべきか、迷っていなさるところさ」

間口の広い但馬屋の軒下に店を出したことで、以前より客足が伸びている。今の状況がいつまで続くか分からない以上、本格的に人を雇うのはためらわれるところだが、目の前の客は待ってはくれない。

「おい、こっちも早く頼む」

「いつまで待たせる気だよ」

店はにわかに立て込んでいた。

明神さまの方からやって来た武家の奥方らしき老女が、ざっと縁台を見渡してお付きの小者を振り返る。

「混んでいますね。次の機会にしましょう」

歩み去ろうとする老女に、音夢は思わず声をかけていた。

「お待ちください奥さま。ここが空いております」

立ち上がった手には、安眠が置いて行った前掛けが握られている。

「どうぞお掛けください。今すぐ薬湯をお持ちします」

前掛けの紐《ひも》を括《くく》りながら但馬屋の土間へ駆け込むと、大きな土瓶を提げた寅が板の間から下りるところであった。

「あいや嬢さん。その恰好《かっこう》は……」

続いて現れたお鐵も、洗った湯呑を伏せた笊《ざる》を抱えたまま、口をぽかんと開けている。

音夢は余計な説明を省き、上り口に置いてあった盆をひとつ取り上げて差し出した。

「薬湯をひとつ。早くお願いします」

煮出したばかりの薬湯が注がれた湯呑を受け取り、急ぎ足で縁台へと運ぶ。

「お待たせいたしましたぁ。神田明神下の名物、美神堂の振り薬を煮出した薬湯でございます」

「おやまあ、元気の良いこと」

武家の奥方がホホホと笑い声を上げた。

「おーい、姐《ねえ》さん。こっちも頼む」

「はぁい、ただいまお持ちします」

色褪《いろあ》せた前掛け姿で働く娘を、往診用の薬籠を手に通りかかった安眠が唖然として見ていた。

「それにしてもさ、染井屋の旦那も変わったお人だよね」

軒下に並べられた縁台をせっせと拭《ふ》き清める音夢を見て、お鐵が感に堪えない口調で言った。

少々嫁ぎ遅れたとはいえ、花嫁修業と称して気楽にしていれば良い身分のお嬢さんである。選《よ》りに選って小さな振り薬屋のお運びをするなど、世の常では考えられないことだ。

「うちのお父っつぁんは、無一物から古着の商いを覚えていった人なんです。他人《ひと》さまの下で働くのは良い勉強になるから、是非お手伝いさせてもらいなさいって言ってくれました」

「だったらいいんだけど……」

拭き終わった縁台の上に緋毛氈《ひもうせん》を広げる二人の前を、空の大八車がガラガラと大きな車輪の音を響かせて通り過ぎた。

「なんだろうね。そろそろ参拝客がやって来る時刻なのに」

大八車は続けてもう一台やって来て、隣の美神堂の前に止まった。

閉め立てていた表戸が外され、外から来た人足と、中から出て来た職人たちが、それぞれ大甕を抱えて大八車に積み始める。飴薬を仕込んだ甕である。

「もう三度目の売り出しがあるのかしら」

「今度は随分と早くないかい」

万寿飴が二度目に売り出されたのは、安眠たちが予測していた通り十月一日だった。客が押しかけたのは初売りの時と同じであったが、日本橋の本店だけでなく麹町と冨岡八幡宮前にある出店でも同じものが用意され、それぞれの店に割り当てられた万寿飴は二日で売り切れてしまった。

その騒ぎからまだ数日しか経っていない。吉祥堂が寄越した職人たちが手伝っているとはいえ、仕込んだ飴薬が完成するには相応の日数がかかるはずだ。

遠巻きに作業を見守る二人の前を、大甕を満載した大八車が、人足たちに押されて遠ざかって行く。

車はもう一台残っていた。

残りの甕が運び出される様子を見ていたお鐵が、あっと声を上げて人足に走り寄った。

「ちょっと、それをどこへ持って行こうってんだい」

二人がかりで運び出そうとしていたのは、薬種の焙煎に使われる平たい大鍋だった。

「ああ？　何だよ、あんた」

肩を掴まれて迷惑そうな人足の横を、荷物を持った別の人足たちが次々とすり抜け、荷を車に積んでゆく。

鍋、土瓶、天秤《てんびん》、長櫃《ながびつ》、薬種が入った麻袋――。

運び出されるのは美神堂の大切な商売道具ばかりだ。

「こちとら急いでるんだ。日が高くなったら大八車は通行止めになっちまうんだよ」

ほら、どいたどいた、と乱暴に弾《はじ》き飛ばされて尻餅をついたお鐵は、助け起こそうとする音夢の手を振り払って店の中に飛び込んだ。自ら道具を運び出す亭主の姿を見つけたのだ。

「あんた、これは一体どうしたことだい」

「見りゃ分かるだろう、引越しだ」

以前よりも一層萎びて小さくなった甚八は、薬草切りの包丁を抱えて言った。

「引越しって、どこへ……」

「同じ旅籠町の界隈《かいわい》だよ。御成り街道に店の出物があったんで、買い取った」

「か、買い取った――」

お鐵は絶句した。

「次はもっと沢山の飴薬を用意してくれって吉祥堂さんに頼まれてるんだが、ここに居たんじゃ手狭でどうにもならねぇ。手頃な広さの店がどうしても入り用だったんだ。

急な話だったが大工に急がせて模様替えの普請も終わった。仰け反るくらい立派な店だぜ」

「ちょっと、ちょっと待って、あんた」

思いもよらない話にお鐵はよろめき、煤がついて真っ黒になった柱にしがみついた。

「うちには店を買うような大金なんて……」

「馬鹿だな。もう昔の美神堂じゃねぇんだ」

皺《しわ》の寄った口元を歪ませて、甚八が笑った。

「万寿飴が一瓶幾らで売られているか、お前だって知ってるだろう。あれを作ってるのは俺だ。この美神堂の卸した飴薬なんだよ。店を買う金くらい融通してくれる人がいてもおかしくねえだろう」

柱にすがったお鐵も、戸の陰で立ちつくす音夢も、人相の変わった甚八を呆然《ぼうぜん》と見ているしかなかった。

「そんな汚ねえ柱にしがみついてないで、お前も御成り街道の店を見に来いよ。次の仕込みが落ち着いたら、古着なんかじゃない新しい呉服を三井越後屋《みついえちごや》で買ってやるから」

柱を抱いて動こうとしない古女房をそのままに、甚八は自分の生まれ育った店を去って行った。

＊

冷たい木枯らしが吹き、初雪の舞う時節になっても、音夢は美神堂のお運びを続けていた。

お鐵が迷った挙句、亭主のいない古店《ふるだな》に戻って商いを続けると決めたからだ。

始めのうちこそ馴れない立仕事に疲れていた脚は、今では丸一日立ちっ放しでも平気になった。客あしらいも上手になったし、何より美神堂にいれば、日に何度かは必ず顔を見せる安眠と親しく言葉を交わすことが出来た。

安眠とお鐵の間には、母と息子のような親密さがある。

お鐵の仕事を手伝うことで、音夢なりに特別な張り合いを感じているのだった。

その後も吉祥堂では万寿飴の販売が行われた。

酉《とり》の市《いち》に合わせた売り出しでは、列に並んだ客の大半が目当ての品を持ち帰ることが出来た。新店《しんだな》に作業場を移した甚八が、広い土間一面に大甕を並べて奮闘した成果である。

甚八は寝る間も惜しんで働き続けたが、二の酉の売り出しを終える頃になって疲れを覚えたのか、たびたび女房が一人で守る古店に帰るようになっていた。

「仕出しの弁当に飽きたからって、あたしが漬けた沢庵《たくあん》と、なめこの味噌汁を食わせてくれって言うんだよ。今日の昼には梅干しの握り飯を仕事場に届けろだってさ。偉そうに」

ぶつくさ言いながらも、忙しい亭主のために炊き立ての飯を握るお鐵は嬉しそうだ。このまま新店での商いが順調なら、古い店にも奉公人を置くことが出来るだろうし、夫婦の諍《いさか》いの種もなくなる。

美神堂に明るい将来が開けたと思われた矢先のことである。

暮れ六つ近くになって仕事を上がる支度をしていた音夢の前に、息せき切った安眠が現れた。

「小母《おば》さんはいるかっ」

「奥に……」

答えるより早く土間に踏み込んだ鍼医者は、片手にいつもの薬籠、もう一方の手に端の千切れた紙を握り締めていた。

「なんだい蒼一郎ちゃん、怖い顔して」

「これを見てくれ」

差し出された紙を広げたお鐵の顔色が変わった。

「な、なにこれ、どういうことだろう……」

音夢が背後から覗き込んだ紙には、『万寿飴にご愛顧を賜り、有難う御座いました。向こう当店での売り出しはいたしません』と書かれてあった。

お鐵は説明を求めるように、両脇に立つ安眠と音夢の顔を交互に見たが、二人とて紙に書かれている以上のことは分からない。

「往診帰りに吉祥堂の前を通りかかったら、丁度こいつが張り出されたところだった」

手代を捉《つか》まえて訊ねても、お読みになった通りですとしか答えない。甚八とお鐵に確かめるのが先だと考えた安眠は、貼られたばかりの紙を勝手に引《ひ》き剝《は》がして持ってきたのだ。

「この話、小父さんは何も言ってなかったのかい」

お鐵は弱々しく首を横に振った。二日前の朝から甚八はこっちの店に戻っていない。

「だったら今すぐにでもわけを聞いた方がいいな。俺も一緒に新店へ行くから――。おい、寅」

七輪の火で土瓶を温めていた男が立ち上がった。

「お前はいつも通り、お音夢さんを送り届けてくれ」

「はいです、坊ちゃん」

美神堂を手伝うにあたり、音夢は自分の日当よりも値の高い駕籠で通うのを止《や》めていた。その代わりに朝は染井屋の小僧、夕方は但馬屋の下男が相手方へ送ってくれることになっている。

「嬢さん、行きましょう」

自分がいても邪魔になるだけだ。

音夢は後ろ髪を引かれる思いで美神堂を後にした。


翌朝、いつもより早く美神堂へ着いた音夢を待っていたのは、助《すけ》っ人《と》を頼まれた瓢兵衛であった。お鐵はまだ暗いうちから薬種の焙煎を済ませ、再び御成り街道の新店へ行ったらしい。

「だんだんと雲行きが怪しくなってきたよ」

振り薬を器用に袋詰めしつつ、瓢兵衛は口を動かした。

「吉祥堂さんは、もう万寿飴は売らないと言っていなさるそうだ。売り時が過ぎたからってね」

これまでにも吉祥堂が季節の菓子として売り出した品は、長くて半年、短いものは数日で店先から姿を消していた。

「それにしても乱暴な話じゃありませんか。売り出しはしませんって言われても、美神堂さんは飴薬を用意するための店まで買ってしまったのに」

甚八も同じことを吉祥堂の店主に訴えたが、アオサギに似た店主は取り合わなかったらしい。

「どうやら万寿飴をこの時季だけの菓子として扱うことは、最初から決まっていたようなのさ。証文を確かめた安眠先生が言っていたよ。十一月の晦日《みそか》までの約束になっていたってね。甚八さんのことだから、証文なんてまともに読まなかったのだろう」

もう売り出しはないと知らされた甚八は、どうか今後も店に置いて欲しいと頼み込んだ。

過去に季節の菓子として売られたものの中には、そのまま店の名物となったものもある。金平糖や有平糖などもそうだったはずだ。

しかし吉祥堂は冷たく突き放した。年の瀬は正月用の菓子を売るのに忙しい。旬を過ぎた品など置く場所はないと言うのだ。

『これがうちの商いです。どれほど値が張ろうと、お客さまが先を競って買いたくなる菓子を用意する。それでもって早めに次の品へ切り替える。お客さまが飽きないことが商いに通じるのです。この機会に美神堂さんも覚えておかれることですな』

説教までされてしまった甚八は引き下がるしかなかった。

安眠とお鐵が御成り街道へ駆けつけたのは、すでに吉祥堂の手配した職人たちが引き上げた後で、広い店一面に置かれた飴薬の周りを甚八だけが歩き回っていたという。

(いても立っても居られないのだわ。お気の毒に……)

少しでも事態が好転することを祈る音夢だったが、またもや大きな難題が美神堂に降りかかった。

金貸しの取り立てが始まったのである。

新しい店を買うために甚八が借り入れた金は千両。これまでに飴薬で得た儲けは、高価な薬種や水飴の仕入れ代、職人たちに払う給金だけで消えてしまい、今のままでは利息を返すことすらままならない。

残された道は、大量に仕込んだ飴薬を自力で売ることだけだが、それには吉祥堂の許しが必要だった。

「ほう、手前どもの商いを踏襲したいと仰《おつしや》るのですな。それは構いませんとも。万寿飴の名前と小瓶に入れて売り出す工夫とに、千両支払ってさえ頂ければ」

揃って頭を下げる美神堂夫婦に、店主は涼しい顔で言ってのけた。

「払えないのであれは〈万寿飴〉の名前は使えません。そういうお約束ですからね」

品物の名前や売り方についても、前もって細かな取り決めがなされていた。甚八が証文を読んでいなかっただけだ。

そもそも借金の千両を返さんがため、万寿飴の名で飴薬を売らせてくれと頼んでいるのだから、新たに千両を支払うなど無理な話である。

「勿論、以前のように竹箸に巻いた飴薬としてお売りになるのはそちらの勝手です。せいぜいお気張りなさい」

掛合《かけあい》が不首尾に終わり、甚八は半病人のような顔でお鐵に支えられて帰って来た。吉祥堂に言われるまでもなく、新店と古店の両方で飴薬を店先に置いていた。しかし、世間に知られていない薬臭い水飴を、一巻き五十文払って舐める客はそうそういるものではなかった。

売り上げはなくとも借金取りは待ってくれない。

凄《すご》みの利いた連中に朝な夕な戸を蹴られ、すっかり参ってしまった甚八は、大晦日《おおみそか》の前に新店を手放した。土間に並べられた飴薬の大甕も、利息分として差し押さえられることになった。

つまるところ美神堂は、甚八とお鐵が細々と振り薬を売る小店に戻ったのである。

年が明け、朝餉に七草粥《ななくさがゆ》が出された日のこと。

染井屋の居間で縫物をしていた音夢のもとに、妙な知らせが届いた。御成り街道沿いで吉祥堂が新しい店を出したというのだ。

嫌な予感がした。

大急ぎで駕籠を呼び、御成り街道へ駆けつけたところ、暮れに手放した甚八の店がそのまま吉祥堂の新店となっていた。

間口の広い店には真新しい大看板が掲げられ、折鶴の紋が入った臙脂色の暖簾が下がっている。暖簾と同じ色の前掛けを着けたお店衆《たなしゅう》たちは、馴れた様子でぞくぞくと詰めかける客をさばいている。

(妙だわ。だって今日はまだ正月の七日なのよ。甚八さんが店を手放してからそんなに日が経っていないのに……)

余りにも早く、準備万端整い過ぎていた。

中は店開きの品を求める客で混雑していたが、音夢は揉みくちゃにされるのも厭《いと》わず突進した。

激しい争奪戦の末、ようやく手にしたのは万寿飴だった。昨年で役目を終えたはずの万寿飴は、小瓶の絵柄が唐風の仙人から正月らしい松竹梅に変わっているものの、中身は元の飴薬だ。

道行く人に奇異の目で見られながら、道端で小瓶を開けて味を確かめると、音夢はその足で明神下へと走った。

昼下がりの忙しい時分だというのに、美神堂の店先にはいつもの縁台が出ていなかった。表戸も閉め立てられ、わずかな隙間の向こうで鉢の開いた大頭が揺れているのが見えた。

「瓢兵衛さんっ」

板戸を開けて外へ出てきた隠居の鼻先に、千文で買ったばかりの小瓶を突きつける。

「これを見て。甚八さんの手放したお店が吉祥堂の出店になっていて、万寿飴を買うお客で一杯なの。もう売らないなんて大嘘《おおうそ》だったのよ。これってもしかしたら――」

「しっ、少し静かにおし」

ことの真相に気付いて興奮する音夢を、声を潜めて瓢兵衛が遮った。

「今しがた安眠先生が駆けつけてね。甚八さんを診ていなさるところなんだよ」

自分の新店が吉祥堂に買い取られ、万寿飴が売られているのを知った甚八は、その場で昏倒《こんとう》してしまったのだという。

（なんてこと。きっと甚八さんも気が付いたのだわ。自分が騙《だま》されていたことに……）

溜息を吐《つ》いて見上げる鈍色《にびいろ》の空を、魚を咥《くわ》えたアオサギが悠然と飛び去って行った。

まんじゅ

第三話

満天の星が降る夜だった。
鳴き渡る冬鳥たちの声も、大葦原《おおあしはら》に吹く風の音もない。
枯野を越えた池水の上に、しんしんと冷気だけが張りつめている。
男が一人、水際に膝《ひざ》をついて祈っていた。
その背後で、八人の乙女《おとめ》が輪になって舞っている。
蟬《せみ》の翅《はね》のごとき衣をまとう乙女の手には、金色の実がたわわについた生木の枝。
舞に合わせて薄衣が棚引き、金色の実が揺れる。
遥《はる》かな神代《かみよ》を思わせる眺めであった。
やがて、男が立ち上がった。
髪を角髪《みずら》に結い、白い胴着と白袴《しろばかま》を身に付けた偉丈夫だ。
舞の輪から外れた乙女が一人、男の前に進み出た。
『お気持ちは、変わらないのですか』
男は頷《うなず》き、対岸に黒々と盛り上がる丘を仰いだ。

『私は間に合わなかったのだ。責めを負わねばならない』
ふたつの頂《いただき》をもつ丘は、まだ新しい墳墓である。
『われらと共にまいりましょう。この国を去れば良いのです』
乙女は誘い、男は首を横に振った。
『私が逃げれば、妻子ばかりか一族すべてに罪科が及ぶ』
『構わないではありませんか』
男の憂慮は乙女に通じない。
『行きましょう。また船に乗り、いずかたなりとも』
差し延べられた白い手を、男は強く握り返した。
嬉《うれ》しげな乙女の顔から、匂《にお》い立つ花のような笑みは儚《はかな》く消えた。
男の手がするりと離れ、足元の太刀《たち》を拾い上げたのだ。
『すまない』
背を向けた男は、枯れた葦原へと分け入ったきり二度と戻って来なかった。
乙女は立ちつくしていた。
満天の星が降る夜に、金色の実のついた枝を抱いて、いつまでも。

目を覚ました時、自分を覗《のぞ》き込んでいたのは、髭剃《ひげそ》り跡の青々とした田舎臭い男の顔だった。

「また夢を見ていましたのですか、坊《ぼっ》ちゃん」

うーんと唸《うな》った安眠は、薄い布団の上に起き上がって伸びをした。

寝間と治療所を兼ねた六畳の部屋には、淡い朝日が差しこんでいる。あまり寝た気がしないが夜は明けたらしい。

「俺はうなされていたか？」

「はいです」

頷いたのは下男の寅であった。独り者の安眠のために、但馬屋の台所で炊いた飯を毎朝運んで来るのである。

「早《はよ》う食べてください。寅は薪割《まきわ》りがあるのです。沢山の薪を割るのです。とても忙しいのです」

押し付けてよこす皿には、不格好な握り飯が二つと、極厚の沢庵《たくあん》が一切れ載っている。

「飯の前に顔くらい洗わせろ」

安眠はいつもの作務衣《さむえ》を着込みながら、ぼうぼうと伸びた蓬《よもぎ》のような下男の総髪に目を止めた。

大所帯だった頃の但馬屋では、数日置きに髪結いを呼んで奉公人たちの髷《まげ》を整えさせていたのだが、病身の父親が寅一人を手元に残して暮らす今となっては、その出入りも絶えている。

「おい寅よ、いい加減に髪を漉《す》いた方がいいな。なんなら俺がさっぱりと切ってやろうか」

「い、いいのです、いいのです。朝の仕事が済んだら床山《とこやま》へ行けと、さっき旦那《だんな》さまが銭をくださったのです」

鋏《はさみ》を探すふりをする間に、下男はすたこら縁側から退散した。

(冗談を真に受けやがった)

少し意地の悪い笑みを浮かべた安眠は土間に下り、手桶《ておけ》を摑《つか》んで外へ出た。

小路を吹き抜ける東風に、ほのかな梅の香が混じっている。

一月の下旬としては暖かい朝であった。

四軒長屋の奥の井戸で水を汲《く》み、冷たい水で顔を洗う。ついでに頭も洗ってしまう。

髪がなければ手入れも楽なものだ。

髪だけではない。髭《ひげ》まで一本も生えず、眉毛《まゆげ》も薄い。

手桶の中の水鏡に映るのは、かつて団十郎に似ていると騒がれた二枚目ではなく、つるつる頭の海坊主である。

（しょうがねぇ。海坊主の中にだって男前はいるさ）

勢いよく水を注ぐと、手桶の中の妖怪《ようかい》は波立って消えた。

裏店《うらだな》に戻って飯を済ませた後は、朝一番の患者が来る前に甚八を見舞っておくことにした。

往診用の薬籠《やくろう》を提げて表通りの参道へ回る。

準備に追われる美神堂の作業場では、お鐵が竈《かまど》に乗せた平鍋《ひらなべ》を大きな木べらでかき混ぜているところだった。手拭《てぬぐ》いを姉様被《かぶ》りにした額に大粒の汗が浮かんでいる。

「おはよう小母《おば》さん。朝から精が出るな」

「ああ、蒼一郎ちゃんかい」

横目でこちらを見た女将《おかみ》は、すぐ鍋の中に視線を戻した。薬種の焙煎《ばいせん》は火から下ろす頃合《ころあ》いの見極めが最も難しいのだ。

「そのまま続けてくれ。小父《おじ》さんを見舞うだけだから」

「悪いね。頼んだよ」

狭い階段の上にある二階部屋では、病人が煎餅《せんべい》布団に横たわっていた。

「やあ、具合はどうだい」

相変わらず煤《すす》けた顔の甚八が、薄目を開いて安眠と視線を合わせた。

「見ての、通りだ」

「そうか。では両手を出して」

すぐに右手が差し出された。左はなかなか出てこない。

しばらく待っていると、布団の下で蠢《うごめ》いていた左腕が小刻みに震えながら現れた。

安眠は緩く摑んだ両手首に己の指を当て、念入りに左右の脈診を行った。それから患者の手のひらに自分の指を滑り込ませる。

「俺の指を握り返してくれ。しっかりと」

言われた通り、甚八の手に力がこもる。ただし、力強く握り返して来るのは右手のみである。

「次は左手だけに力を入れてみようか」

甚八の顔が歪《ゆが》んだ。力を込めようとしているのは身体《からだ》の動きで分かるが、握る力は弱々しい。

続けて左脚の力も確認し、全身に鍼《はり》と灸《きゅう》を施す。

一通りの治療を終えた鍼医者を、甚八は首を曲げて見ていた。不安げな眼差《まなざ》しが、俺はどうなるのかと訊《たず》ねている。

「心配ない。ちゃんと治るよ。言葉はちゃんと話せているし、左手にも力が入るようになってきた。足の力は充分残っているから、頑張れば普通に歩けるようになる」

安眠は現状と今後の予測を話して聞かせた。昨日《きのう》も、一昨日《おととい》も、同じ内容を説明している。何度でも言い聞かせて病人を安心させる必要があるからだ。

甚八は左手と左足の自由が利かなくなっていた。

俗にいう中風である。

書いて字のごとく風に中《あた》る病とされる中風は、寒風の吹く早春に発症する例が多い。甚八が倒れたのも正月の七日だった。

直接の引き金となったのは激しい怒気だ。吉祥堂に謀られたと悟った甚八は、怒りのあまり青筋を立てて昏倒《こんとう》してしまった。

風も怒りも肝を損ない、中風を生じさせる邪気なのである。

中風による手足のしびれや脱力は、軽いものなら寝たきりにならないで済む。幸い甚八の病状は最初の診立てより軽い。上手《うま》く回復が進めば作業場の仕事にも戻れるだろう。

　しかし、歩く練習を始める時期について話そうとする鍼医者の言葉を、患者が途中で遮った。

「分かってる。分かってるさ。そりゃ俺だって歩けるようになりたいし、厠《かわや》くらい自分の足で行きたい。でもなぁ、蒼一郎ちゃん」

　甚八の右手が作務衣の袖《そで》を摑む。

「それから先は、どうすりゃいい。働ける身体になって何をすりゃいいんだ。しがない振り薬屋の親父《おやじ》に戻れっていうのか。なぁ教えてくれ、蒼一郎ちゃんよぉ」

「………」

　鍼医者に甚八の商売を救う処方はない。

　また来るからと言い残して階段を下りる安眠を、薬種の焙煎を終えたお鐵が見上げていた。二階の声が聞こえたのだ。

「悪いね。あんなことになっても飴薬《あめぐすり》を諦《あきら》めきれないんだよ」

「無理もない。布団の中で他に考えることもないのだし」

　借金までして買った新店《しんだな》は吉祥堂の手に渡り、〈万寿飴〉の名を使って飴薬を売ることも禁じられた。これでは甚八の気力が振るうわけがない。

「本当に済まないねぇ、毎日……」

「同じ敷地で寝起きしてるんだ。見舞いくらい毎日でも来るさ」

来るたびに鍼灸治療《しんきゅうちりょう》を施してゆく安眠は、あくまで往診ではなく見舞いだと言い通していた。

「それより小母さん、また割れたのかい」

話の矛先が向いたのは、お鐵が両手に持った湯呑《ゆのみ》だった。薬湯《やくとう》を入れて提供するための分厚い焼き物だ。

「ああ、割れたわけじゃないんだけど、底の部分にひびが入っちまったから、お客に出すにはちょっとね」

美神堂の裏には、そんな風に欠けたりひびが入ったりした湯呑が幾つも転がっている。しっかり者の女将がお運びをしていた頃には、ついぞ見られなかった光景だ。

「さては、お音夢さんだな」

返事の代わりに、お鐵は肩を竦《すく》めて苦笑した。

音夢が美神堂のお運びとして通い始めたのは、昨年の秋のことだ。もうかれこれ四か月が経《た》つのだが……。

「仕方ないよ。落として割っちまうことは減ったから、本人も気をつけているのだろうけど、根っから物の扱いに雑なところがある人なんだね。それでも僅《わず》かな給金で手伝ってくれているものを、些細《ささい》なことで叱《しか》るのは申し訳ないし」

「些細ったってなぁ」

たとえ高価な湯呑でなくとも、次々と壊されてはたまったものではない。甚八が新店に注《つ》ぎ込んだ費用の支払いで、お鐵がこつこつ貯《た》めていた蓄えも消えてしまった。今の美神堂には余分な銭など一文も残っていないのだ。

「あんたは余計なことを言うんじゃないよ。必要ならあたしの口から注意すればいいんだから。分かったね」

お鐵が念押しをしたところで、店の表戸を引き開ける音がした。

噂《うわさ》をすれば影である。

「おはようございまぁす、女将さん。あっ、安眠先生も」

大伝馬町から到着した音夢が男を見て顔を輝かせた。

その背後で十二、三歳ほどの子供が頭を下げている。朝の大事なお役目として音夢に付き従う染井屋の小僧である。

「お嬢さま、これを」

「ああ重かったでしょう、ご苦労さま。こないだみたいに寄り道なんかしないで真《ま》っ直《す》ぐ帰るのよ」

幼さの抜けない小僧が来た道を戻って行くのを見送った音夢は、受け取った風呂敷《ふろしき》を作業場へ持ち込んだ。

「あの、これ染井屋で使っていたものです。数が半端になったので、良かったらこちらで使ってもらえませんか」

言いながら風呂敷を広げて取り出したのは、美神堂にあるものとそっくりの湯呑だった。

(なんとまあ、下手な嘘《うそ》を思い付いたものだ)

安眠は心の中で呆《あき》れた。

美神堂の湯呑はたっぷりの薬湯が入る大きさで、熱々の薬湯を注いでも持てるように厚手の焼き物を選んでいる。こんな無骨なものが一般の商家で使われていたと信じる者はいないだろう。

「そうかい。では有り難く使わせてもらおうかね」

作り話には何の疑念も抱かない素振りで、お鐵が快く湯呑を受け取った。

「助かるよ。今朝は暖かいし、湯島天神の梅も咲き始めたみたいだから、明神さまと掛け持ちでお参りするお客も増えるだろう。さあ、忙しくなるよ」

女将の一声で皆が動き出した。

前掛けをつけた音夢が店の中と外を箒《ほうき》で掃き清め、お鐵がぐらぐら沸いた湯の中で薬湯を煮出す。裏庭では寅が薪を割り始めた。

これから患者を診なくてはならない安眠は、土間に入れていた縁台を軒下まで運び出し、自分の治療所へと戻った。

＊

美神堂での手伝いを終えた音夢は、橘庵の庭をそぞろ歩いていた。家まで送り届けてくれる寅を待っているのだ。

すっかり見慣れた橘《たちばな》の古木の周囲には、芽吹き始めた野の草に交じって小さな青い実が転がっていた。

足元の実をひとつ拾い上げ、爽《さわ》やかな香気を嗅《か》ぎながら、今朝のやりとりを思い出してニンマリする。

(良かった、お鐵さんが湯呑を受け取ってくれて。私の作り話もまんざらじゃなかったのね)

持参した湯呑は染井屋のものではなかった。

お運びを始めてからというもの、音夢は次々と湯呑が減ってゆくことに焦りをつのらせていた。女将は気にしなくていいと言ってくれるが、一日の終わりに残った湯呑を数えながら洗い物をするのは気が重い。どうせこれからも割ってしまうだろうし、だったら自分で補充すれば良いと考えるに至ったのだ。

ところが同じ湯呑が見つからなかった。折を見て数軒の店を訪ね歩いたが、似たものすら置いていない。

思惑が外れた音夢は迷った。両親が懇意にしている瀬戸物問屋に相談すれば探してもらえるかもしれないが、そこは妹の皐月の嫁ぎ先であり、自分が嫁に行くつもりでいた店である。おいそれと頼る気にはなれない。

困っているところへ声をかけてくれたのが庵主《あんじゅ》だった。

『美神堂さんと同じ湯呑をお探しだそうですね』

事情を漏らしたのは寅だ。音夢を家まで送り届ける道々で、湯呑探しにも付き従っていたのである。

『あれは先代の但馬屋さんが、美神堂さんのために焼かせた特別な品なのです』

庵主の話によると、美神堂の店先で煮出し薬湯を飲ませることを提案した先代の但馬屋、つまり安眠の祖父にあたる人物が、知り合いの窯元に頼んで薬湯を入れるに相《ふさ》応《わ》しい風合《ふうあ》いの湯呑を焼かせたのだった。

いくら探しても同じ品物は見つからないわけだ。

その窯元に同じものを焼いてもらえないだろうかと相談する音夢に、尼僧は形の美しい眉を顰《ひそ》めて言った。

『それは難しいでしょう。何しろ四十年も昔の話です。窯元さんはすでにお年を召していたし、お弟子もいない人でしたから……』

念のため蒼天にも確かめるから少し待てと言われたのが、数日前のことである。

今日の朝、いつものように小僧を従えて歩いて来た音夢を、途中で待っていた庵主が呼び寄せた。四十年前の湯呑が残っていたというのだ。

『但馬屋の一番蔵に収めたことを、蒼天さまが覚えておられました。安眠先生がいない隙《すき》に、蔵へ入って探し出したのですよ』

一番蔵は安眠の治療所に隣接している。壊した湯呑の代わりを探していることを知られたくない音夢としては、嬉《うれ》しい心遣いだった。

『遅ればせながら、私も当時の経緯《いきさつ》を思い出しました。窯元さんから届いたばかりの湯呑を、まだ子供だった蒼天さまがひとつ割ってしまわれたのです。半端な数では縁起が悪いという理由で、美神堂さんへは切りの良い数をお渡しして、残りの九つを但馬屋の土蔵に収めました。いずれ数が足りなくなった時に出すつもりが、今日までそのままになっていたのです』

久闊《きゅうかつ》を詫《わ》びるように湯呑を撫《な》でる庵主は、音夢が差し出した代金を受け取ろうとしなかった。

『その必要はないと蒼天さまが仰《おつしや》いました。元より美神堂さんのために焼かせたものですし、とうに忘れ去られていた品物が日の目を見ただけでも重畳だと』

結局、但馬屋蒼天の厚意に甘えることにした。

美神堂の湯呑の数が増えたことで、ようやく人心地ついた音夢だったが、ひとつ解けない疑問が残ってしまった。

(どうして庵主さまは、四十年も昔にあったことを知っていたのだろう——?)

他人から伝え聞いたのではなく、あたかも自分がその場に居合わせたかのような話しぶりだった。

年齢不詳の美貌《びぼう》と若々しさを具《そな》えた庵主ではあるが、音夢が密《ひそ》かに見積もった年齢は二十代の半ばから三十を少し出たあたり。たとえ見かけ以上の齢《よわい》を重ねていたとしても、四十を超えているとは思えない。

（前にも天神さまとお知り合いみたいなことを仰っていたし、妙な話し方をする癖がお有りなのかしら。それにしても……）

もやもやしている所へ但馬屋の下男が現れた。

ようやく帰路についた音夢だったが、下男を従えて歩きながらも、さっきの疑問が頭から離れなかった。

「ねぇ、寅さん」

神田川を渡り切ったところで後ろを振り向く。

「寅さんは、幾つの時に但馬屋さんへ来たの？」

「八つで来ましたのです。坊《ぼっ》ちゃんの家来になったのです」

下男が胸を張って答える。

「では、今年で何歳になったのかしら」

「寅は、えーと、えーと、十と十と十。それから四つ」

どうやら十より多い数を数えられないらしい。

「つまり三十四ね。但馬屋さんに来たのは二十六年前だわ」

「すごいです。嬢さんは賢いのです」

算盤《そろばん》の苦手な下男が目を輝かせた。

「その頃のお話を、もう少し聞かせて欲しいの」

背後に従っていた男を招き寄せ、横に並んで歩かせる。

「あのね、あなたが但馬屋さんに来た頃にも、橘庵はあったのかしら」

寅が頷いた。橘庵は今と同じ場所に建っていたらしい。

「当時の庵主さまが、どんな人だったか覚えてる？」

二十六年前であれば前任の庵主が堂宇を守っていた筈《はず》だ。〈庵主〉とは法名ではない。庵に暮らす者の通称である。

しかし、寅はきょとんとした顔で答えた。

「どんな人でもありません。庵主さまは庵主さまなのです」

何度念を押しても答えは変わらなかった。寅の拙《つたな》い言葉の中に嘘や誇張が混じっているとは思えない。

（まさか、そんなことってあるのかしら……）

さっきよりも音夢の頭はこんがらがった。

あれこれ考えて歩いた結果、日が落ちてから帰りついた染井屋の潜り戸《くぐど》に、ゴツンと額をぶつけてしまったのだった。

＊

「ひょひょひょひょひょっ、そいつはとんだ災難だったね」

「私がそそっかしいだけなんです。これでも三日前に比べたら引っ込んだんですよ」

額の大きなたんこぶを撫でて、音夢はぺろりと舌を出した。

どんよりと曇った空から小雨の落ちかかる午後である。

湯島天神で梅を観《み》た帰りだという瓢兵衛の他に、薬湯をすする客はいない。

音夢は女将の許しを得て縁台に座り、手土産《てみやげ》としてもらったばかりの焼き餅《もち》を頬張《ほおば》った。

「美味《おい》しいだろう。儂《わし》はここの焼き餅が好きなんだよ」

初めて安眠と出かけた湯島の茶屋でも食べた梅花餅だ。あの遊山の時も庵主が一緒だった。

気さくで、優しくて、気品に溢《あふ》れ、匂い立つ橘の花のごとき美貌まで備えた庵主。

安眠が熱い眼差しを向ける不思議な女性。

「――どうしたね」

餅に齧《かじ》り付いたまま動かない娘を、隠居が訝《いぶか》しげに覗き込む。

「何でもないの。私も大好きよ、その……焼き餅が」

音夢は焦げつきそうな思いを、餅に託して飲み下した。

霧のような雨は降り止《や》む気配がない。

次の客が来ないうちに、気になっていたことを訊ねてみる。

「あのね、少し前にお借りした本の中に、年を取らない尼さんのお話があったでしょう」

「八百比丘尼《やおびくに》のことかね」

瓢兵衛が著した〈夢草紙《ゆめぞうし》・伝承編〉の一編に、人魚の肉を食べて不老長寿の身となったとされる八百比丘尼の物語があった。それが今頃になって無性に気にかかる。

「本当に八百年も生きた人がいたのかしら」

「ひょひょひょ。そいつは確かめようがないわいな。同じ歳月を生きて見届けた者がいないのだから」

実際のところ、全国で収集した伝承のひとつひとつを吟味し、その中に事実が含まれるのか、あるいは全くの作り話なのかを見極めるのは難しいのだという。

「では、他にも似た話はありませんか。年を取らず、若いままで生き続ける人についてご存じなら教えてください」

そうさねぇ、と、少し考える素振りを見せた瓢兵衛は、雨が小止みになった空を見上げて言った。

「あんたは、田道間守《たじまもり》を知っているかい」

知らない。聞いたこともない。

どこかの寺の守り札だろうかと首を傾《かし》げる音夢に、薬湯代の四十文を渡して隠居が立ち上がった。

「近いうちに教えてあげよう。儂は今、〈夢草紙・伝承編〉の続きとして田道間守の物語を書こうとしているのさ。版元との約束があるから全部は話せないが、一般にも伝わっている所だけなら構わないだろう。紙に書き出してあげるから二、三日待ってなさい」

「あ、瓢兵衛さん」

受け取ったお代を銭函《ぜにばこ》に収めている隙に、塗屋の隠居は姿を消していた。

結局その日は客足の少ないまま夕刻になった。

早々に仕事を終えるつもりで洗い物をしていると、どこからか音夢の名を呼ぶ声がした。

問屋から届いた薬種が湿らないよう竈の火を燃やし続けているお鐵が、顔を上げて済まなそうに言う。

「少しだけ相手をしてやってくれるかい」

「はい」

音夢は湯呑を擦《こす》っていた束子《たわし》を置き、土間の横にある板張りの部屋へ上がった。

古い枕屏風《まくらびょうぶ》を据えた向こう側では、布団に横たわった甚八が目を見開いてこちらを見ていた。そろそろ身体を動かした方が良いと判断した安眠が、階下に運んで寝かせたのである。

「お、お音夢さん、お音夢さんよ」

寝返りをうって起き上がろうとする病人を、音夢は手助けして座らせた。

「だいぶ動けるようになりましたね。ご隠居さまから頂いたお餅があるのだけど、召し上がりますか？」

壁に背を預けた甚八は、だるそうに首を振った。

「いらねぇ。餅なんざいらねぇよ。そんなことより飴薬はどうなった。今日はどれくらい売れたんだい」

音夢は返答に窮した。

今日だけの話ではなく、もう何日も飴薬を注文する客はいない。もともと売れ行きが芳しくなかった上に、甚八が倒れて以降は、お義理で求める者すらいなくなっていた。

「聞こえねぇのか。どれくらい売れたかって聞いてるんだ」

甚八が目を三角にして睨《にら》む。

「あの、今日はあまり……」

「この役立たずがっ」

いきなり大声で怒鳴りつけられ、音夢は竦み上がった。

「だらだら働いてんじゃねぇよ。座って無駄話をする暇があったら、呼び込みくらいしやがれってんだ」

お人好《ひとよ》しの優しい男だとばかり思っていた店主が、歪んだ口の端から泡を飛ばして怒った。

「す、すみません」

青ざめた娘の前に、火吹き竹を放《ほう》り投げて駆けつけた女将が割り込んだ。

「急にどうしたんだい。そんなに怒鳴るほどのことじゃないだろう。この人だって一生懸命やってくれてるんだから」

「何が一生懸命だ。おめぇがそんな甘いこと言うから――」

「ああ、ああ、分かったよ。あたしが悪かったよ」

怒りの収まらない亭主をなだめつつ、お鐵が後ろに回した手を振っている。帰れという合図だ。

音夢は裸足《はだし》で店を逃げ出した。

但馬屋の横丁へ駆け込み、二番蔵の前に屈《かが》んで頭を抱える。両手に下駄を摑んだまま。

(どうしよう。怒らせちゃった)

あれほどこっぴどく叱られたのは初めてだった。

染井屋のお嬢さんと呼ばれる身であっても、甘やかされて育った覚えはない。叩《たた》き上げの父親から厳しく躾《しつ》けられたつもりでいたが、所詮《しょせん》は世間知らずの高枕。身内に注意されるのと、他人《ひと》さまから叱責《しっせき》を受けるのとでは雲泥の差があることを思い知らされた。

(こんなに肝が縮んで、嫌な心持ちがするものなんだわ)

己に非があったとしても、頭ごなしに叱り飛ばされるのは口惜《くや》しい。指先が震えるほど恥ずかしい。

それでも言い返すことは出来なかった。給金をもらっている以上、善意の手伝いであろうと奉公人だ。染井屋の手代や小僧が主人である父親に口答えしている姿など見たことはない。

静まり返った横丁でしゃがみ込んでいた音夢は、ふらりと立ち上がって下駄に足を入れた。

橘庵の奥からは薪を割る音が聞こえる。まだ寅は忙しそうだ。

（このまま一人で帰っちゃおうかな……）

思いに反して足が向いたのは、横丁を反対側に抜けた先にある御成り街道だった。

幅広い道を北の寛永寺方面へ進むうち、右手に吉祥堂の出店が見えてくる。相変わらずの隆盛ぶりで、夕方になっても客の出入りはひっきりなしだ。

正面に立って暖簾《のれん》の奥を覗くと、高級菓子を積み上げた後ろの壁に大きな紙が貼《は》られている。

「当店秘伝、長命の秘薬、万寿飴あります。――ですって？」

音夢は貼紙の太文字を読み上げ、フンと鼻を鳴らした。

なにが当店秘伝だ。中身は甚八が苦労して考え出した飴薬ではないか。

最近になって知れたことだが、千両もの金を融通して甚八に新しい店を買わせたのは、吉祥堂が差し向けた金貸しだった。

店主のアオサギが仕組んだ筋書きは次の通りだ。

まず手始めに客として美神堂を訪れ、店主の商売下手を見抜いた上で飴薬の証文を交わす。その飴薬を一瓶千文の万寿飴として売り出し、今後も注文が続くと甚八に信じ込ませて新しい店を買うように仕向ける。次は矢継ぎ早に注文をかけ、人手が足りずに難渋しているところへ菓子職人を貸し出す。職人たちが飴薬の仕込みを習い覚えた頃に万寿飴の売り出しをやめてしまえば、あとは借金を焦げ付かせた甚八が、新店を手放すのを待つだけだ。

アオサギはまんまと飴薬を盗むことに成功したのである。

飴薬だけではない。美神堂夫婦がこつこつ貯めた金で改装した店まで居抜きで買い取った。最初から吉祥堂の新店にする肚《はら》で、金貸しを寄越したのだ。

これらの内幕は安眠から聞いた話だ。安眠は八丁堀の伊東に頼み、伊東は舅《しゅうと》である饅頭屋《まんじゅうや》の伝手《つて》を頼って調べた。

手段を選ばない吉祥堂の商いは、菓子屋仲間の間でも取り沙汰《ざた》されており、過去を掘り起こせば怪しい話がごろごろ出て来るという。

「お買い上げありがとう存じます。来月には新しい季節の菓子をご用意させて頂きますので、またお越しくださいませ」

吉祥堂の店先では若い手代と小僧たちが並び、菓子の箱を抱えたお店者風《たなもの》の客を送り出している。木箱の中身は御成り街道店の名物となった万寿飴だ。

「いらっしゃいませ、いらっしゃいませぇ。お土産、贈り物に万寿飴はいかがでございますかぁ」

客を見送った小僧の一人が、外に残って呼び込みを始めた。

「長寿の薬、常世の甘露、当店自慢の万寿飴でございまぁす」

黙っていても客は次々とやって来る。それでも高い声で売り文句を叫び続ける小僧は、いっぱしの商人の目をしている。

音夢の胸の奥から悔しさがこみ上げてきた。

アオサギ店主にしてやられたままで終わるのは悔しい。声を嗄《か》らして仕事に打ち込む小僧に負けるのも悔しい。叱られたくらいで逃げ帰る自分が悔しい。

気が付けば、来た道を駆け戻っていた。

もう日は暮れかかっているが、今から美神堂に戻って呼び込みをすれば、一人くらいは飴薬を買ってくれるかもしれない。

街道を走り、勢いのままに横丁角を曲がったところで、停《と》まっていた駕籠《かご》の先棒とぶつかりそうになった。

「おっと、危ねぇ」

慌てて駕籠かきが音夢の身体を止める。

「これは申し訳ありません。道を塞《ふさ》いでしまいました」

丁寧に謝ったのは、さっき吉祥堂から菓子を買って出て来たお店者風の男だった。

「こちらこそ先を急いでいたものですから。その……お駕籠の横を歩いてもよろしいでしょうか」

停まっているのは狭い横丁に相応しくない宝泉寺駕籠である。お忍びの武家が乗っているかもしれなかった。

男が頷くのを確認し、なるべく反対の壁に寄って行き過ぎようとする音夢を、駕籠の中から呼び止める声がした。

「待ちなさい。もしや、あんたは――」

引き戸が開けられ、中から初老の男が顔を出す。

「あ……」

「やっぱり、お音夢さんか」

こちらを見上げているのは宝来屋だった。音夢が初めて見合いをした相手の父親である。昨年、ひょんなことから橘庵で顔を合わせ、近いうちに遊びに来いと言われた気がするが、それきり会ったことすら忘れていた。

　再びまみえた宝来屋は、駕籠に座ったまま音夢の姿をしげしげと眺めて言った。

「染井屋の総領娘が外で働いていると噂に聞いて、まさかと思っていたのだが、どうやら本当だったようだな」

　相手が見ているのは、音夢がうっかり外し忘れていた前掛けだった。年季を経て色《いろ》褪《あ》せた布地には、美神堂が店の印として使っているムカデの姿が薄く残っている。

「あんたに是非とも話しておきたいことがあったのだが、儂は忙しい。これから問屋仲間の会合に行かねばならんし、明日も手が空きそうにない。うむ、そうだな……」

　ほんの僅かの間だけ、宝来屋は思案した。

「やっぱりあんたから出向いてもらうとしよう。明後日の昼過ぎにお茶を飲みにおいで。ついでにもう一人招きたい者もいる。今度こそ必ず来るのだよ。分かったかね」

　頷くしかなかった。駕籠の中にちんまり納まっていても、江戸商人の大御所としての迫力は、こちらに断る隙など与えない。

「そこの小吉《こきち》を迎えにやるから、顔を覚えておきなさい」

　菓子を抱えた男がこちらに顔を向けてお辞儀をした。

「では行こう」

戸が内側からぴしゃりと閉められ、重い宝泉寺駕籠がゆっくりと持ち上がった。最後まで一言も発せられないまま、音夢は宝来屋を見送った。

「女将さん、女将さん。戻って来ましたです。嬢さんです」

「ああ、良かった。一人で帰っちまったかと心配したよ」

参道まで帰り着いた音夢を、寅とお鐵が大騒ぎで出迎えた。

「ごめんなさい。寅さんの手が空くまでと思って……」

その辺を歩いていたと言い訳する音夢に、いつになく真面目《まじめ》な顔で但馬屋の下男が言った。

「じきに暗くなるのです。遅くなったら嬢さんの親さまが心配するのです」

言い終わらぬうちに暮れ六つの鐘が鳴り始めた。普段なら家に帰りついている時刻である。

「悪いけど、寅さんは提灯《ちょうちん》を持って追いかけて来ておくれ。あたしが先に行きかけるから」

音夢が外した前掛けを店の中に投げ入れ、お鐵が背中を押して歩き出す。

「でも、甚八さんは一人で大丈夫ですか」

「さっき裏店のお婆さんに来てもらったよ。ちょっとの間なら見ていてくれるってさ」

どうやら甚八を近所の者に任せて自分を探していたらしい。

しょんぼり項垂《うなだ》れた音夢の背中を、お鐵の荒れた手が軽く叩いた。

「さっきは済まなかったね。あの人が勝手に腹を立てただけだから、気にしないでおくれ」

「いいえ、私の方こそ済みませんでした」

思うように身体を動かせない甚八は怒りっぽくなっている。些細なことでお鐵に当たるのは日常茶飯事だ。しかし、さっき音夢が叱られたのは、決して八つ当たりなどではなかった。

「私の仕事ぶりがいい加減だったんです。叱られて当然だわ」

お運びを始めた当初こそ張り切っていたものの、最近では客の入りが悪いのを幸いに休憩したり、馴染《なじみ》になった客と長話をしてしまうことも多かった。何よりいけなかったのは、本気で商いをしていなかったことだ。飴薬にしたところで、客が買わないものは仕方がないと心のどこかで諦めていた。

そんな音夢の自戒とは別に、お鐵はしきりと亭主の言い草を気にしていた。

「なにも口汚く罵《ののし》ることはなかろうに、若い時分に沁《し》み付いた癖は、何年経っても抜けきらないものなんだね」

「若い時分……」

「そりゃ、あんな萎《しな》びた男でも、ぴちぴちした頃はあったのさ」

このあたしにだってね、と、薄く笑って立ち止まり、夕闇《ゆうやみ》の迫った参道を振り返る。

但馬屋の下男が追いかけて来る気配はない。

また前を向いて歩き出したお鐵は、遠い目をして話を続けた。

「うちの人は、まだほんの小僧っ子の頃に悪い仲間と知り合って、盛り場を遊び歩いた時期があったんだよ」

当時の甚八は家の手伝いを好まなかった。家業そのものを嫌ったのではなく、真面目一方で冗談のひとつも言わない父親と一緒にいるのが嫌だったのだ。

先代が残した借金を返すため、ひたすら働くだけの父親と、祖父に似て何事も丼《どんぶり》勘定な甚八とでは馬が合うはずもない。何度か言い争った末に店を飛び出し、浅草界隈《かいわい》のゴロツキたちに交じって暮らした。

「あたしが居た店に出入りするようになったのも、そんな頃でね。金もないのに無理して、ちょくちょく来てくれたもんさ」

「お鐵さんはどんなお店で働いていたんですか」

　音夢は軽い気持ちで訊ねた。

「俗にいう岡場所《おかばしょ》。場末の女郎だったんだよ」

　たちまち訊ねたことを後悔したが、お鐵は気にする様子もなく、むしろ懐かしそうに当時を振り返った。

「こんな愛想のない女のどこが気に入ったのか、あの人は何度も通ってくれた。そのうちあたしを身請けしたいと言い出して、逆らってばかりいた親に頭を下げたんだよ」

　当時の美神堂夫婦は息子の懇願を退けた。非行に走ったとはいえ甚八は大事な跡取りである。岡場所の女を嫁にするなどとんでもない話だった。

　だが甚八は諦めなかった。親に頼んでも見込みがないと悟ると、祖父の代から世話になっている但馬屋に泣きついた。

　但馬屋の当主は、跡目を継いだばかりの蒼天であった。

　若き蒼天は自分と大して歳《とし》の変わらぬ甚八に、今すぐ美神堂へ戻って家業に励むことを約束させた。その上で金を払ってお鐵を身請けし、商家の嫁として恥ずかしくない作法を覚えさせるために他家へ預けた。一年間の行儀見習いには、なかなか首を縦に振らない美神堂夫婦を説得するための時間稼ぎと、甚八の本気を確かめる目的もあった。

「預けられた先で教えられたことは死に物狂いで覚えたよ。けど、一年たっても美神堂の両親は、あたしを嫁として受け入れる気になれなかった。無理もないけどね」

大恩ある但馬屋の仲介である。どこかで折れなければいけないことは分かっていても、甚八の両親は渋るだけ渋った。渋る材料が乏しくなれば、最後にはお鐵の名前にまで難癖をつけた。

「本当は鉄の字を当てて〈お鉄〉だったんだよ。でも鉄は金を失うと書くだろう。商売人の家には向かない名前だってね」

それを聞いた蒼天が〈鐵〉の字を与えたのだ。

呼び方は同じだが、字を変えることで運命も変わった。名付け親の自分に免じて許してやってはもらえまいかと頭を下げられては、頑《かたく》なな両親も受け入れるしかなかった。

簡単な祝言を上げた後も、決して嫁に優しい舅と姑《しゅうとめ》ではなかったが、お鐵はこま鼠《ねずみ》のように働いて仕えた。

遊び仲間ときっぱり縁を切った甚八も、父親の元で振り薬屋の跡取りとして一から修業し、地道な商いを継いだ。

厳しかった両親を見送ったあとは、二人で手を携えて店を守ってきたのである。

「出会った時からもう三十年が経つのだもの。放蕩《ほうとう》息子だった男が良く働いたものだわ」

お鐵の口ぶりは、音夢に話すというより自分に言い聞かせているようであった。

「あの人の飴薬はね、可愛《かわい》がってくれたお爺《じい》さんが、まだ故郷にいた頃に流行《はや》ったものだそうだよ。なにぶん昔の話だから、お爺さん自身も詳しいところは覚えてなかったらしいけど、いつか同じものを作って、自分の店で売りたいって夢はあったみたいで」

商売下手で隠居させられた美神堂の先々代は、孫の甚八に飴薬の思い出を語って聞かせた。日々の作業を堅実にこなす息子ではなく、自分と気性が似ている孫に夢を託したのだ。

「親が生きている間は無理だったけど、この十年、あの人は仕事の合間をみては、お爺さんから聞いた飴薬を作ろうとしていた。何度も作り損《そこ》ねて、ようやくモノになったっていうのに……」

商売が下手なところまで甚八は祖父に似てしまった。せっかく作り上げた飴薬の売り方が分からなかったのだ。そこをアオサギに付け込まれた。

（このまま引き下がっちゃ駄目だわ）

語り終えて橋の欄干へ寄りかかるお鐵を横目に、音夢はぐっと拳《こぶし》を握りしめた。

素人が吉祥堂に太刀打ち出来ないことは分かっている。本気の一矢を報いるつもりなら、狡猾《こうかつ》なアオサギと同等か、それを上回る才覚が必要だ。真っ当な商いを知る者の知恵が。しかし――。

一番頼りになりそうな但馬屋は重い病に臥《ふ》せっている。

その息子の安眠は患者たちの治療に追われている。

音夢の父親である染井屋藤右衛門は、人さまの商いに口を挟まない主義だ。

考えている間にも時は移る。

「女将さん、嬢さん。お待たせしましたのです」

次第に夕闇との境目が曖昧《あいまい》になる川の流れを見詰めているところへ、ようやく寅が追い付いた。

「遅かったじゃないか」

「寅が店を出ようとしたら坊ちゃんが来たのです。勝手に水飴の甕《かめ》を開けたので、一度に沢山食べてしまわないように見張っていたのです」

水飴が減るのを危惧《きぐ》したのか、安眠の腹を心配したのか。多分その両方だろう。

「嬢さん、早く行くのです。早く歩くのです」

寅は染井屋の両親を心配させまいと急《せ》いている。

「気を付けて帰っておくれ」

お鐵に見送られて、暗くなった橋の上を歩き出す音夢の足元を、破れ提灯が照らしていた。

＊

西の空がふんわりとした春の夕焼けに霞《かす》んでいた。

本所での往診を終えた安眠は、淡い橙《だいだい》色の雲間を飛び渡る鳥たちを見上げながら、外神田まで帰りついた。

いつものように横丁を抜けて一番蔵の角を回り込むと、見知らぬ男が治療所の横に立っていた。

「安眠先生でいらっしゃいますね」

お店者らしき風体の男が、鍼医者に向かって頭を下げる。

「手前は宝来屋に奉公する者でございます」

「宝来屋……」

安眠の頭の中に二人の人物が浮かんだ。一人は百匁蠟燭《ひゃくめろうそく》の下で怪しい錦絵に見入る生《なま》っ白《ちろ》い若旦那。もう一方は寸詰まりの体軀《たいく》に大物の風格を漂わせた初老の店主。

その心中を見透かしたように、男が用件を告げる。

「今日は大旦那さまのお使いで参りました。恐れ入りますが、明日の昼八つ頃、宝来屋まで足をお運び願えませんでしょうか」

「急病人かい。だったら今からでも診るが——」

鍼医者の申し出を、男は丁寧に断った。

「往診のお願いではありません。主人が折り入って先生とお話がしたいと申しております。古手《ふるて》問屋のお嬢さんもお招きして、お茶を差し上げたい旨をお伝えせよと」

「お音夢さんも、か」

染井屋の娘と宝来屋は少なからぬ因縁がある。どんな話があることやら……。

「分かった。承知したと伝えてくれ」

「では、お待ちいたしております」

男は軽く頭を下げ、すみやかな足取りで去って行った。

後ろ姿を見送る安眠のすぐ傍《そば》で、いきなり別の声がした。

「町人らしくない物腰だね、先生」

うわっ、と横に飛び退《との》いた大男を、隣家の隠居が面白そうに見上げている。

驚いてしまった照れ隠しに、安眠は少し怖い顔で答えた。

「今の男なら間違いなく武家の出さ。宝来屋が用心棒を兼ねて雇ったのだろう」

江戸屈指の大店《おおだな》ともなれば、店回りと身辺の警護に気を抜くことは許されない。どこへ行くにも用心棒が必要だ。

「金があり過ぎるのも考えものさね。それはそうと、先生にこれを読んでもらおうと思って待っていたんだよ」

そう言って瓢兵衛は袂《たもと》から一枚の書き付けを取り出した。

「お音夢さんが不老長寿について知りたがっていたので、田道間守の伝承を教えてあげると約束したのだよ。そこに書き出した通りで間違いはないかね」

安眠は手渡された紙と、頭でっかちな隠居の顔を見比べた。

「どうして、俺に――？」

「さぁて、確か但馬屋さんは田道間守につながる古い家系だと聞いた気がしたのだが、儂の勘違いだったかな。とにかく目を通しておくれ」

とぼける瓢兵衛を一瞥《いちべつ》し、安眠はその場で読み始めた。

田道間守とは但馬国《たじまのくに》の領主を意味する名前で、新羅《しらぎ》より渡来した一族の子孫であると伝えられる。

第十一代垂仁《すいにん》天皇の御世のこと。

朝廷に出仕していた田道間守は、食べると不老不死になるという木の実、〈非時香菓《ときじくのかくのみ》〉を常世《とこよ》の国から持ち帰るよう大王《おおきみ》に命じられた。

常世の国は海の彼方《かなた》にあると信じられた永遠の地である。唐国《からくに》に伝わる蓬莱山《ほうらいさん》や、浦島太郎が亀《かめ》に連れて行かれた竜宮、あるいはかぐや姫の故郷である月世界も、すべて常世の国について語り伝えた物語であったかもしれない。

ともあれ田道間守は船に乗って旅立った。十年に渡る航海の末、ようやく常世の国から非時香菓を持ち帰ることが出来たが、都へ帰り着いた時には、すでに大王はお隠れになっていた。

嘆き悲しむ田道間守は、不老不死の実のいくつかを皇后に奉り、残りを大君の陵《みささぎ》に捧《ささ》げて死んだ。

今では庭木として植えられる橘の木の実こそ、田道間守が常世の国から持ち帰った非時香菓であるという。

記述はそこまでであった。

世間で語り伝えられているものと変わらない内容だ。

「まあ、こんなところだろうな」

元通りに折って返そうとする紙を、瓢兵衛は受け取らなかった。

「先生からお音夢さんに渡してやっておくれ。遅くとも明日の八つ時には宝来屋で会うのだろう」

他人の会話を漏れなく聞いていた老人は、目を細めて自分の住まいへ引っ込んだ。

安眠も一旦《いったん》治療所へ戻った。預かった紙を文机《ふづくえ》の上に置くと、休む間もなく薬籠を持って裏庭へ下りる。仕事終わりに実家の父親を診るのが日課となっているのだ。

橘庵との境界をなしていた萩《はぎ》の生垣は、晩秋にすっかり葉を落とし、株元から剪定《せんてい》されていた。今年の花を咲かせる若芽は、ようやく土から顔を出したばかりである。

見通しの良くなった庭の先に、慎ましやかな堂宇が見える。

かすかに漂う芳香に導かれて堂宇の正面へと回れば、尼僧姿の麗人が地面に屈んで何かを拾っていた。

「とうとう、落ちてしまいました。最後のひとつまで」

こちらに背を向けたまま、麗人が呟《つぶや》いた。

小さな笊《ざる》に拾い集めているのは、青い木の実であった。橘の古木についた実が、黄色く熟す前に落ちてしまったものだ。

安眠が物心ついてからというもの、古木の実が黄色くなったことは一度もない。寅も、お鐵も、同じ敷地の内で生まれた甚八も、これは青い実を落とす木だと思っている。

庵主ひとりが、橘の実の黄色く熟れる日を待ちわびていることを、但馬屋の父と子は知っていた。

「今年こそ熟すかもしれない」

安眠が口走る。笊を手に立ち上がった庵主に向かって。

「あるいはもっと先かもしれない。でも、いつか必ず——」

ふっ、と白い頭巾《ずきん》の陰で女がこちらを向いて笑った。

集められた青い実が、ひときわ強く芳香を放った気がして、安眠は軽い眩暈《めまい》を覚えた。

「そう思って待ちました。何年も、何年も、うかうかと待ち続けてしまいました」

「まだ待てるさ」

抑えきれない言葉が口から飛び出した。

「この木は絶やさない。俺が守る。次は俺が守るから――」

「早く行ってください」

切々たる思いを、透明な微笑がさらりと躱《かわ》す。

「蒼天さまは今朝からずっと痛みに耐えておられます。あなたの治療を待っているのですよ」

庵主は滑るように階《きざはし》を上がり、堂宇の中に隠れてしまった。

引き止める術《すべ》を持たない安眠は、首《こうべ》を垂れて実家の裏口へ向かうしかなかった。

＊

宝来屋の店屋敷は、日本橋河岸《がし》からほど近い長浜町《ながはまちょう》にあった。早朝になると、魚河岸とは関係のない店の前にまで仲買商の魚が並べられる特殊な一角である。日が昇れば魚市場の者たちは撤収してしまう。

堀の船着場がすぐ傍にあることを考えれば、商いには便利なのかもしれないが、江戸で五指に入る富豪の宝来屋が、鮮魚の売り買いが行われる同じ場所に薬種問屋を構えているのは、どうにも不釣り合いな気がする。しかも間口四間半のありふれた店構えは、日頃耳にする大店の盛栄ぶりからすれば驚くほど質素だった。

店の周囲に漂う薬種の香の中に薄《うつす》らと残る魚の匂いを嗅ぎ分けて、音夢は小鼻をひくひくさせた。

（宝来屋さんって、意外と吝坊《しわんぼう》なのかしら……）

そんな疑念は店屋敷の奥まった座敷に通された途端、どこかへ吹き飛んでしまった。

音夢が初めて目にする光景がそこにあった。

元々が贅《ぜい》を凝らした造りになっている座敷の中が、見慣れぬ異国の調度品で飾りつけられていたのだ。

「どうぞ、こちらでお待ちください。主人を呼んでまいります」

染井屋からここまで案内してきた男は、背もたれがついた南蛮の椅子《いす》に音夢を座らせた。

絵草紙で見たことはあっても、本物の椅子に腰掛けるのは初めてだ。南蛮人になった気分で緞通《だんつう》の上に浮いた足先をぶらぶらさせながら、改めて座敷の中を眺めまわす。

目の前には大きくて脚の長い卓子があり、見慣れない水菓子を盛った鉢が置かれている。横には笠《かさ》の付いたギヤマンの行燈《あんどん》。壁際には優雅な曲線で形作られた簞笥《たんす》が三棹《さお》も並んでいる。正面の床の間に目をやれば、異国の衣装を着た陶器人形が飾られ、掛け軸の代わりに南蛮の婦人を織り出した布が掛けられている。

異国へ迷い込んだ心持ちになりながら、伸ばした足先で床に敷かれた緞通の感触を確かめていると、唐紙《からかみ》の襖《ふすま》を開けて思わぬ人物が現れた。

「よう、先に来てたのかい」

「安眠先生っ」

音夢は椅子から転げ落ちそうになった。まさか鍼医者まで招かれているとは思わなかったのだ。

「へぇ、こりゃまた大層な趣向の座敷じゃねぇか」

物珍しげに室内を見回しながら、安眠は自分で引き出した椅子に脚を組んで座った。いつもの作務衣姿で薬籠を提げているところを見ると、往診の時間を割いて来たらしい。

音夢は美神堂から丸一日の休みをもらっていた。

「私もお邪魔するのは初めてです。お店の奥にこんなお部屋があるなんて想像もしていませんでした」

「こっちが本来の姿だろう」

豪奢《ごうしゃ》な舶来品に圧倒される娘とは対照的に、鍼医者は斜に構えた様子で言ってのけた。

「外のみすぼらしい店構えはただの見せかけ。ご公儀に対する誤魔化しなのさ」

「誤魔化しとは人聞きの悪い。遠慮と言ってもらいたいものだ」

非難しつつ部屋に踏み込んで来たのは、小柄だがしっかりと身の詰まった体型の男だった。宝来屋の店主である。

二人と向き合う椅子に腰掛けた店主は、女中たちが次々と卓子の上に並べる茶器や菓子を目の端で確認しながら言った。

「世間さまに豪商と呼ばれ出した時から気苦労は絶えんよ。商売上のしくじりはなくとも、大坂の淀屋《よどや》さんのように驕奢《きょうしゃ》を理由に挙げて闕所《けっしょ》を申し渡されることもあるからな」

闕所とは公儀による財産の没収である。

「そんなことより、今日は忙しい所を呼びつけてしまった。茶菓子も出揃《でそろ》ったようだから、適当に飲み食いしながら話をしよう」

間違いなく自分が一番多忙な人である宝来屋は、持ち手のついた茶碗《ちゃわん》を取り、若い二人にも飲食を勧めた。

まず遠慮のない安眠が、かすていらに手を伸ばした。瞬く間に二切れ平らげた上、次は別皿の揚げ菓子に視線を定めている。卓子に並んだ菓子の全種を賞味すると決めたらしい。

（あんなに口一杯詰め込んで、喉《のど》に詰まらせないかしら）

隣で紅《あか》い茶をすすりながらも音夢は気が気でない。

その様子を見ていた宝来屋が、やがてしみじみと言った。

「あんたは初めて会った頃より良くなった。先日の仕事着姿もなかなかのものだったが、今日の着物は一段と似合っている」

思わぬ褒め言葉に、音夢は頬を赤らめた。

宝来屋の茶会へお呼ばれだと聞いて、母親と上女中が殊《こと》さら念入りに選んで着付けさせたのは、葡萄《ぶどう》色の地に桜丸文と永楽通宝《えいらくつうほう》の文様がちりばめられた元禄《げんろく》期の小袖だった。帯は銀鼠《ぎんねず》と水色の網代格子《あじろごうし》を、羽根の大きな文庫に結んでいる。

「流行《はやり》の裾模様《すそもよう》などより、お音夢さんには古風な総柄が良く映る。安眠先生もそう思うだろう？」

ぐっ、と喉に菓子を詰まらせた鍼医者が目を白黒させる。

それ見たことかと椅子から飛び降り、男の背中をさする娘を前に、再び宝来屋が長嘆息をついた。

「つくづく惜しいよ。うちにはあんたみたいに日なたの匂いがする嫁が入り用だったんだ。馬鹿息子に妙な道楽さえなければ、今頃ひとつ屋根の下で暮らしていたものを」

「でも、あのお話は……」

国松との見合いは、宝来屋に断られて終わったはずだ。

「実を言えば、あの縁談は染井屋さんの側から断りを申し入れて来たのだ。見合いの席で息子の振る舞いを不審に思ったのだろう」

初めて聞く話だった。

宝来屋に待望の長男として生まれた国松は、年少の頃から錦絵を集めるのが好きな子供だった。商売に忙しい父親と、子育てに無関心な母親は、絵を買う金さえ与えていれば無理を言わない国松を扱いやすい子供だと喜んでいたのだが、長じると共にその道楽が見過ごせない域へ達してしまった。

「あれは薄っぺらな紙の上に描《か》かれた女にだけ執着した。生身の女には一切の興味がないことは分かっていたが、店を継がせるためにも嫁取りだけはさせたかった。座っているだけでいいからとなだめすかして、見合いに引っ張り出したのだが……」

顔合わせの席についた国松は最初から上の空。好事家《こうずか》仲間の集まりがあるからと早々に帰ってしまった。

　いかな宝来屋の総領息子であっても、向かい合う相手の顔を見ようともしない男に大事な娘はやれないと、染井屋は破談を申し入れたのだ。名高い豪商の顔を潰《つぶ》さぬよう、表向きは音夢が断られたことにして。

「儂が染井屋さんの立場でも同じことをしただろう。後になって悔やんだよ。無駄な見合いなどさせなければ、あんたの来歴に傷を付けることもなかったのに」

　卓子の向こうで宝来屋が目を伏せた。

（そうだったんだ。だからお父っつぁんは、あの見合いのことは忘れなさいと言ったのだわ）

　ようやく腑《ふ》に落ちると同時に、音夢は少しだけ安堵《あんど》した。国松が自分を無視したのは、世間で噂されるほどの美人でないことに機嫌を損ねたからではなかったのだ。

「息子さんは、あれからどうなったんだい」

　茶を喉に流し込んで一息ついた安眠が訊ねた。

　絵師に村娘たちの奇抜な絵を描かせて楽しんでいた国松だが、とんとその消息を聞かない。

「長崎へ行かせたよ。もうあれには店を継がせない。向こうの親類に預けて身の振り方を考えさせる。ところで――」

宝来屋は今までと語調を変えて訊ねた。

「茶菓子は口に合ったかね、先生」

「あ、ああ。旨《うま》かった」

出された菓子をあらかた食い尽くした鍼医者が、少々決まり悪げに禿頭《とくとう》へ手をやる。

「すべて吉祥堂で揃えさせたものだ。知っての通りあの店の菓子は上等だが、裏で色々と気になることがある」

はっとして、音夢は隣に座る男の顔を見上げた。

安眠は眼光鋭く宝来屋を見据えている。

「わけあって万寿飴について調べているうちに、美神堂さんと先生の関係を知った。お音夢さんまで関《かか》わっていたのには驚いたが、これも何かの縁だろう。そんな怖い顔で睨まんでもいいから、まず儂の話を聞きなさい」

過去の見合いの話はほんの前口上、これからが本題なのだと音夢は悟った。

＊

春に二度目の大風が吹いた。

客に出したばかりの湯呑の中へ、どこから吹き寄せられたか、桜の花びらがひらひらと舞い込む。

「あら、新しい薬湯に入れ替えますね」

「いやいや、勿体《もったい》ない。このまま桜薬湯として頂きましょう」

風流な客の言葉に、音夢が思わず歯を見せる。

春の嵐《あらし》は徐々に凪《な》ぎ始めていた。

浅草や寛永寺周辺の桜名所には及ばずとも、すっかり暖かくなった神田明神にも多くの参拝客が訪れ、美神堂の店先を活気づけている。

「明神下の名物、美神堂の飴薬はいかがですかぁ」

表の参道を歩く人々に向かって呼び掛ける。大声を張り上げるのにもすっかり慣れた。

「あまーくとろける美味しい水飴のお薬でございまぁす」

立ち止まって興味を示す者は大勢いるが、値段を書いて貼られた紙を見た途端に尻《しり》込《ご》みをする。

「げっ、箸《はし》に巻いて五十文だと」

「よせよせ、天ぷら蕎麦《そば》で酒が飲めるじゃねぇか」

何度同じ言葉を聞かされたことか。

でも仕方がない。これが真っ当な町人の価値観だ。自慢にもならないものに余計な銭を使わないのが江戸っ子である。

「飴薬はいかがですかぁ、身体に良くて美味しい——」

つむじ風が乾いた道の砂埃《すなぼこり》を巻き上げた。

薬湯を運びながら呼び込みを続ける音夢の喉にも、細かい砂の粒が飛び込む。

ごほごほと咳《せ》き込むところへ、作業場からお鐵が駆けつけた。

「そろそろ交代しよう。お昼を食べてきておくれ」

「でも、お客が……」

「これくらい何とでもなるよ」

お運び歴三十年の女将は、ざっと縁台を見渡して胸を張った。

「蒼一郎ちゃんが差し入れをもらったらしくてね。あんたの分は橘庵に置いてあるそうだから、行って食べておいで」

手際良く空いた湯呑を引き始めたお鐵にあとを任せ、音夢は店の奥へと引っ込んだ。

土間の横にある作業場では、壁を背にした甚八が、調合した薬を少しずつ袋に詰めているところだった。

中風に侵された身体は日に日に回復していた。澱《よど》みなく話せているし、ゆっくりとなら歩くことも出来る。ただ左手の力だけが以前の半分しか戻っていないので、持ち手が両側にある薬草切り包丁や、焙煎用の重い鉄鍋を扱うには無理があった。

「今からお昼に行かせてもらいます」

「ちょっと待ちな、お音夢さん」

萎びた顔を上げて、甚八が呼び止めた。

「声が掠《かす》れてるじゃねぇか。喉を傷めるまで大きな声を出さなくてもいいんだよ」

「平気です、これくらい」

吉祥堂の小僧でさえ売物の名を連呼しているのだ。それに、ぼんやりしないで客を呼び込めと叱咤《しった》したのは甚八ではないか。

「いいから、そこにある水飴でも舐《な》めてくれ。嗄《か》れた喉には良く効くから」

「でも、あれは……」

土間の隅に用意された水飴は、お鐵が忙しい仕事の合間に麦芽と米を合わせて作ったものだ。甚八さえその気になれば、いつでも新しい飴薬の仕込みを始められるように。

「もういい。こないだは怒鳴ったりして悪かった」

右手の匙を見下ろして甚八は言った。

「本当は分かっていたのさ。今さらじたばたしても無駄だ。悔しいが俺には吉祥堂の爪《つめ》の先ほども商才ってやつがないんだ」

音夢は返事に困った。甚八の言葉が事実だったからだ。

いかに声を嗄らして呼びかけようと、飴薬を買ってくれるのは一日に一人か、せいぜい二人。全く売れない日もある。高価な薬種と手間を注ぎ込むだけの採算が取れないのが現実だった。

「ぶっ倒れる前に作った分がなくなったら、次の仕込みはしない。どうせこの身体じゃ鍋も甕も扱えねぇんだし、もう水飴なんぞ見たくもない。あんたがいらないなら、蒼一郎ちゃんにくれてやったらいい。甕の底が擦り減るまで舐めちまうだろうよ」

面白くもなさそうに軽口を叩いた甚八は、作業場の床で寝転んでしまった。


「小父さんがそんなことを言ったのか」

「はい。とても落ち着いた口調だったんですけど……」

音夢は語尾を濁らせた。

橘庵の縁側に座り、甚八の気変わりを伝えたところだ。

「でも、なんだか本当じゃないというか、あんな白けた物言いは甚八さんらしくない気がして」

「俺もそう思う」

安眠が渋い顔をして頷いた。

上滑りなところばかりが目立つ甚八だが、中身は決して投げやりな男ではない。惚《ほ》れ込んだものに対する愛着の強さは、知り合って日の浅い自分より、生まれた時から可愛がられてきた安眠の方がずっとよく分かっているはずだ。

「良くない兆《きざ》しだな。飴薬への熱が冷めた途端に、これまでの仕事が全部おっくうになるかもしれない。今こそ手足を使わないといけない時期なのに……」

毎朝通って鍼を打ち、左手の筋が固まってしまわないよう気を配っている鍼医者には分かるのだ。回復期の過ごし方を間違えれば、二度と元の身体には戻れなくなる。

どうしたものかと思案する二人の前を、春の風が吹き抜けた。

橘の古木が心地よげに照葉《てりは》をざわめかせている。

「そう言えば、あの件はどうなったのでしょう」

音夢がふと思い出して口にした。

宝来屋が茶会の席で二人に教えた裏話のことだ。

「今のところ吉祥堂に目立った動きはないが――」

さわさわと梢《こずえ》を揺らす古木を安眠が見上げる。

「聞いたところでは、すでに薬種問屋仲間の寄り合いで、吉祥堂に薬種を卸さないことが決まったそうだ」

高級菓子店として知られる吉祥堂に、畑違いの薬種問屋仲間が制裁とも受け取れる措置を行ったのには理由がある。薬種を仕入れて商売をする小売り薬店の店主たちから、次のような陳状があったのだ。

――薬種取り扱いの株も知識も持たぬ菓子屋の分際で、〈万寿飴〉なる飴菓子に薬湯を混ぜ、長命の秘薬と称して売り捌《さば》くはゆゆしき事態なり。然《しか》るが故、今後一切の和漢薬種を吉祥堂に卸さぬよう、お取り計らいのほどを云々《うんぬん》――と。

要するに、小売り薬店で扱うべき品を、菓子屋が売って儲《もう》けるとはけしからんというわけだ。

確かに吉祥堂の店内には、万寿飴を長命の秘薬と謳《うた》った紙が堂々と貼られていた。その上に大きな声で、長寿の薬、常世の甘露などと叫ばれては、本職の薬店としても穏やかでないだろう。

しかも今回、吉祥堂への制裁を求めたのは、小売り薬店ばかりではなかった。

「同業の菓子屋仲間からも、同じ陳状があったそうだ」

「アオサギは嫌われ者だったんですね」

音夢がアオサギと呼んでいる吉祥堂の店主は、店内の仕切りを大番頭に任せ、自分はもっぱら菓子の食べ歩きを仕事にしていた。

行く先々で気に入った菓子を見つけては、臆面《おくめん》もなく自分の店で似通ったものを作らせる。作り方が分からない場合は、行きずりの好々爺《こうこうや》のふりをして巧みに聞き出す。相手がすんなり教えればそれでよし、拒まれれば搦《から》め手を使ってでも作り方を手に入れる。最近では売り物を真似《まね》るだけでは飽きたらず、金貸しと組んで狙《ねら》った店を乗っ取る荒業まで編み出していた。

卑怯《ひきょう》な手口は言うに及ばない。菓子に法外な値をつけ、日本橋に店を構えるまでに成長した吉祥堂の商いには、同業者たちも嫉妬《しっと》交じりの反感を抱いていたのだった。

菓子屋が使う白砂糖は、唐薬種の一種として扱われる。

唐薬種は外国との交易によってもたらされる舶来品だ。長崎商人が出島《でじま》で買い付けた唐薬種は、大坂の道修町《どしょうまち》にある薬種専門の問屋街へと運ばれ、そこから全国へ発送される。江戸の薬種問屋が受け取る荷の中には当然白砂糖も含まれている。大量の砂糖を買い上げる菓子屋と薬種問屋は、切っても切れない間柄なのである。

先日のお茶会の終わりに宝来屋は言った。

『江戸中の薬店と菓子屋の訴えとなれば、問屋仲間としても腰を上げざるを得ない。いかな大口のお得意さまとは言え、もう吉祥堂へ薬種を卸すことは出来なくなる』

宝来屋が総代を務める薬種問屋仲間の決定は重い。

ただし、強欲な吉祥堂が大人しく引き下がるとは考えられなかった。万寿飴の仕込みに必要な薬種が買えないとなれば、何らかの手だてを講じるとみて間違いない。

『考えられる悪あがきはこちらで抑え込んでやろう。そのうち吉祥堂の側から美神堂さんへ再び話を持ちかけるように仕向けるから、そのつもりで待っていなさい。病み上がりの店主が無理なら、代わりの者が責任を持って話し合いの席につくのだ』

宝来屋は四角張った顎《あご》を反らし、最後に念を押した。

『これで貸し借りはなくなった。そうだな、安眠先生？』

成り行きを楽しむかのような口調に、鍼医者は素知らぬ顔で横を向いていた。

貸し借りの中身は語られなかったが、おそらく国松の不祥事が表沙汰にならなかったことを指しているのだろうと、音夢は思っている。

これらの話を甚八は知らない。お鐵が亭主には教えないで欲しいと頼んだからである。

安眠もその方が良いと判断した。また興奮して倒れてしまう恐れがある上、甚八が交渉ごとに向かないことははっきりしている。手練れのアオサギに再び丸め込まれてしまうのは目に見えていた。

「俺も商いに関しては素人だからな。ここ一番の名代《みょうだい》は務まらない。色々考えて奈良屋の旦那に任せることにしたよ」

奈良屋の源蔵は長年に渡って但馬屋の番頭を勤め上げ、暖簾分けという形で商いを引き継いだ男だ。商いの約定に関しては頼りになる存在だった。

「源蔵なら間違いはない。これまでの経緯を調べ直した上で、入り用の書面を用意すると言ってくれた」

飴薬を巡る駆け引きは再開されたのだ。


「お話はお済みですか」

庵主が朗らかな声とともに堂宇から現れた。長らく病状の悪い但馬屋を付ききりで看病しているが、奈良屋が寄越す手伝いが来ている間だけ橘庵へ戻っているのだ。

「さあさあ、お昼を召し上がってくださいい」

縁側に置いた重箱が開いた途端、音夢が嬉しげな声を上げた。

「まあ、お稲荷《いなり》さん！」

「安眠先生の患者さんが沢山差し入れてくださいました。先に美神堂さんへお裾分けを持って行きましたから、これは先生とお音夢さんの分です」

取り皿と箸を手渡し、茶碗に薬草茶を注いで、庵主は再び堂内へ戻った。

先に安眠が頬張るのを見届けてから、音夢も綺麗《きれい》に並んだ俵型の稲荷ずしに箸をつけた。

「これは旨いな」

「私もお稲荷さんは大好きなんです」

油揚げは甘味が強く、白胡麻《しろごま》と細かく刻んだ青菜の漬物を混ぜ込んだ酢飯が詰めてある。

音夢の箸が途中で止まった。ピリッと舌を刺激する青菜の風味が、以前にも食べたことのある味だと気付いたのだ。

「分かるかい。誰《だれ》の差し入れか」

二つ目のお稲荷を口へ入れながら安眠が問いかける。

「ひょっとして瀬戸物町の……」

「尾張屋の婆《ばあ》さんが差し入れたものだ。あんたの好物だから食わせてやってくれってな」

　思った通りだった。

　瀬戸物問屋の尾張屋は、音夢の許婚《いいなずけ》だった朝太郎が跡目を継いだ店だ。親同士が親しかった尾張屋と染井屋の子供たちは、節句や祭りなどの行事があるたびに互いの家を行き来して遊んでいた。端午の節句に尾張屋へ行くと、決まって稲荷ずしが振る舞われた。料理人が作る酢飯は二種類あり、妹たちと朝太郎は黄色い沢庵を刻んで混ぜたものを好んだが、音夢だけはカラシ菜入りが好きだった。

（お久仁さま、そんなことまで覚えていたんだ）

　尾張屋の大女将は躾《しつけ》に厳しいことで有名な女傑である。家人ばかりでなく隣近所の娘たちにまで目を光らせ、不作法を見つけると事細かく注意を与える。そんな大女将を、近隣の娘たちは尊敬と少しばかりの揶揄《やゆ》を込めて〈お久仁さま〉と呼んでいた。

「婆さんはあんたのことが気になるらしくて、膝の灸を据えに来るたび、お音夢さんは元気にしているのかと訊ねる。美神堂のお運びをしていることも知っていて、参道を歩かないように気をつけている。いきなり会って嫌な思いをさせたくないそうだ」

　妹の皐月が朝太郎と夫婦になって以来、音夢が尾張屋へ遊びに行くことは絶えていた。お久仁とも久しく会っていない。

「実を言うと、あんたが俺の治療を受けるように取り計らったのもあの婆さんだ。不眠を治す医者を探していた染井屋さんに、外神田の安眠のもとへ連れて行けと教えたのさ」

初めて耳にする話だった。

なぜお久仁は自分のことを気にかけるのだろう。孫の朝太郎が心変わりしたことを済まなく思っているのか。いや、そもそも幼い頃から仲の良かった音夢ではなく、皐月を嫁にもらいたいと言い出したのは朝太郎だったのか――。

「それからな、来月には初めての曾孫《ひまご》が生まれると言っていた」

優しくて気が弱い元許婚を思い出していた音夢は、鍼医者の一言に顔を上げた。言った本人は目を伏せ、余計な言づてなど頼まれるのではなかったとばかり、立て続けに稲荷ずしを頬張っている。

（そうだった。もうすぐ赤ん坊が生まれるんだ。私にとって初めての甥っ子か姪っ子が……）

稲荷ずしはお久仁からの無言の呼びかけだった。

音夢とて忘れていたわけではないが、染井屋では両親をはじめ、お喋《しゃべ》りな女中でさえ先に嫁いだ妹たちの話をしない。

いつの間にか年月は過ぎ、自分も妹たちも大人になったのに。

新しい命まで生まれてこようとしているのに。

取り皿を膝の上に置き、思案に耽《ふけ》っていた音夢の耳元で、音もなく側《そば》へ寄った庵主がささやく。

「そろそろ美神堂さんへ戻りますか」

「いけない、急がないと」

うっかり時間を過ごしてしまった。

早々に仕事へ戻るつもりでいた音夢は、食べかけのお稲荷を口に入れて飲み下し、冷めた茶を一息に呷《あお》った。

「ご馳走《ちそう》さまでした」

腰を半分浮かせながら無造作に置いた茶碗が、カチンと茶托《ちゃたく》の上で嫌な音をたてた。

しまった、と思った時には丸っこい磁器の茶碗が割れて、欠片《かけら》が飛び散っていた。

「ごめんなさい。嫌だ、私ったら」

慌てて欠片を集めようとする音夢を、庵主の手が押し止《とど》める。

「私が片付けますからそのままで。もう何年も使った茶碗なので、目に見えないひびが入っていたのでしょう。構わず美神堂さんへお戻りなさい」

穏やかに言い置いて、尼僧は箒と塵取《ちりと》りを取りに行った。

確かに割れたのは古ぼけた茶碗だ。

済みませんと軽く謝って立ち上がり、縁側の階を降りかけた音夢の耳に、思いがけない呟きが聞こえた。

「あんた、がさつだな」

ぎくっとして振り返った先には、薄い眉をひそめる安眠の顔があった。

夕刻になって美神堂を後にした音夢は、家まで送り届けてくれる寅に寄り道を頼んだ。

普段なら今川橋跡の手前から何度か町辻を折れて大伝馬町へ戻るのだが、今日は途中の道を真っ直ぐ南へ進み、大きな堀にかかる雲母橋《きらずばし》のたもとで立ち止まった。

「ここでいいわ、寅さん」

「嬢さんが行きたい瀬戸物町は、橋を渡った先なのです」

後ろに付き従って来た下男が向こう岸を指し示す。

「そうね、でも少し待って」

幅広い堀を見はるかした先には、間口六間の大店が見えている。その昔、神君家康《いえやす》公が尾張《おわり》から呼び寄せた陶器商の末裔《まつえい》で、江戸でも最古参の瀬戸物問屋として知られる尾張屋である。

暖簾が外された店表では、大勢の奉公人たちが一日の商いを終えようと動き回っていた。

軒下に据えられた店台を小僧が水拭《みずぶ》きし、手代たちが土間の中へと運び入れる。路上の塵を念入りに掃き清める者もいる。

今日の埃は今日のうちに払っておくものだと、大女将のお久仁が口を酸っぱくして言い聞かせているのだ。

『あんた、がさつだな』

尾張屋を遠く眺める音夢の頭の中に、男の言葉が甦《よみがえ》った。

確かに自分は慌て者だ。粗相をするたび両親や手習いの師匠から注意され、それが少しも直らないまま今日に至っている。

直らなくて当然だった。これっぽっちも本気で改めようと思ったことがないのだから。

『あんた、がさつだな』

厳しい一言だった。

〈がさつ〉という言葉に含まれた、単にぞんざいなだけでは済まされない粗野な響きを思うたび、恥ずかしくて消え入りそうだ。ましてやそれを安眠の口から聞かされようとは――。

堀の向こう岸では、早くも広い間口が閉じようとしている。男衆の手で粛々と、何枚もある戸板が音もなく立てられてゆく。

割れ物を商う尾張屋は、奉公人の躾に殊のほか厳しいことで有名だ。店屋敷の中を走るのが厳禁なのは当たり前、身振り手振りの幅は小さく、器物の上げ下ろしの際には決して音をたててはいけない。

朝太郎の許婚だと言いながら、音夢は瀬戸物問屋の嫁になることの意味など考えたこともなかった。ただ仲の良い幼馴染のお嫁さんになることを夢見ていただけだ。所作が荒く、物の扱いにも無頓着な娘を、厳格な大女将はどれほど苦々しい目で見ていたことだろう。

「嬢さん、早く渡りましょう」

堀端で佇《たたず》み、向こう岸を眺めるだけの音夢を下男が促した。

「あの橋は怖くなんかないのです。寅が一緒に渡るから大丈夫なのです」

「ありがとう寅さん。でもね、今は止めておくわ」

朝太郎と皐月の赤ん坊が産まれたら、きっと顔を見に来よう。

その時までには自分も生まれ変わる。美神堂の湯呑を次々と割ってしまった時のように、新しいものを買って贖《あがな》えば済むことだと軽く考えた心を改めるのだ。

音夢は己に言い聞かせ、名前の通り夕陽《ゆうひ》にきらきらと照り映える雲母橋を背にして帰って行った。

＊

明神下の参道に夜の帳《とばり》が下りた。

安眠が美神堂の板の間に上がりこんで座っている。

店内に甚八夫婦の姿はない。

勝手に水飴を巻いて舐めていると、店の前で駕籠が止まる気配があった。

表の板戸は少しだけ開けてある。

待つほどもなく板戸の隙間をすり抜けて二人の男が現れた。一人は瘦《や》せて首がひょろりと長く、一方はずんぐりとした体形である。

安眠は迷わず瘦せた方に声をかけた。

「あんたが吉祥堂さんか。なるほどアオサギによく似ている」

「失礼なことを言うお前さんは何者かね」

吉祥堂が身構えたように長い首を引いて訊ねる。

「俺は、この町内で鍼医者をやっている者だ」

厳《いか》つい禿頭の男が危険な相手ではないと分かり、アオサギは遠慮なく言い返した。

「つるつるてんの医者に用があって来たのではない。美神堂の甚八さんと、その名代とかいうお人に会いたいのだが」

「隣の家にいる。ここは人が寄り合うには手狭なものでな」

安眠は竹箸を置いて立ち上がった。

「飴薬でも舐めていたのかね」

「ただの水飴さ。案内するから付いて来てくれ」

足元を照らす露地行燈を提げて外へ出れば、吉祥堂の店主と大番頭らしき男も大人しく後に従った。

隣家の潜り戸へは、ほんの少し歩くだけである。

「はて、こちらの但馬屋さんは何を商っていなさったかな」

目ざといアオサギが、軒下にぶら下がる長提灯の屋号を読んで首を傾げた。

「書道具屋だったが数年前に商いはやめた。今でも町内の店屋敷のほとんどを所有していて、美神堂も昔からの店子《たなこ》だよ」

その説明に主従が納得の表情を浮かべる。面倒見の良い家主であれば、店子に座敷を貸すのも頷けるというものだ。

但馬屋の屋敷内は静かであった。

人の気配すらしない長い廊下を、露地行燈の灯《あか》りだけを頼りに進んだ先で、安眠が唐紙の障子を引き開けた。

「連れて来たぞ」

「ようこそ、お待ちしておりました」

初めて家人の声がした。

背の高い雪洞《ぼんぼり》を複数灯した座敷の奥に、三つの人影が坐している。美神堂の甚八とお鐵、そして奈良屋の源蔵である。

「どうぞ、そちらへ」

三人と向かい合うかたちで吉祥堂の主従が席につくのを見届け、安眠は座敷の隅に陣取って胡坐《あぐら》をかいた。

どこからともなく現れた庵主が、滑らかな動作でめいめいの前に茶を置き、すみやかに退出する。

「さて――」

誰も茶には手を伸ばさないとみて、源蔵が言った。

「この中では手前だけが初対面。まずはご挨拶《あいさつ》をさせて頂きましょう。本日の取り決めの場で美神堂さんの名代を務めることに相成りました、奈良屋の源蔵でございます」

軽く頭を下げる源蔵の隣では、傾きがちな身体を女房に支えられた甚八が、上目づかいに吉祥堂を睨んでいた。今日になって初めて商談が行われることを知らされ、途中で口を挟まない約束で臨席することを望んだのだ。

「ときに奈良屋さん、あんたは但馬屋さんのお身内かね」

アオサギは源蔵が羽織った袢纏《はんてん》を見ていた。但馬屋の屋号を染め抜いた古い印袢纏だ。

「手前は長らく但馬屋で大番頭を務めておりました。お隣の美神堂さんとはその頃から懇意なのでございます」

「ふぅん」

袢纏の屋号などどうでもいいと判断したのか、ようやく源蔵の隣に視線が移る。

「具合はどうだね、美神堂さん。かなり回復したと聞いているが」

甚八は返事をしない。吉祥堂に対して一切口を開かないと心に決めているのだ。

「見ての通りでございます。毎日鍼を打ってもらったお蔭《かげ》で、ここまで歩けるくらいには良くなりました」

代わりに答えたのは、亭主にぴたりと寄り添うお鐵だった。

「それは重畳。突然倒れたと聞いて心配していたのだよ。歩けるほどに良くなったのなら、話を進める甲斐《かい》もあるというものだ」

見舞いに来ようともしなかった男の猫なで声に、甚八を支えるお鐵の手に力が籠《こも》る。

「お話と言いますと？」

「決して悪い話ではない。また一緒に万寿飴の仕事が出来ないものかと思ってね」

そら来たとばかりに緊張を走らせる美神堂夫婦の前で、アオサギは脚付きの茶托に乗せられた茶碗に手を伸ばし、舌を十分に湿らせた上で喋り出した。

「ご存じだろうが、うちの店では季節ごとに一部の菓子を入れ替えるようにしている。万寿飴は昨年秋の初お目見えと、御成り街道店の店開きに合わせて派手《はで》に売り出した。飽きられてしまう前に当分店に並べるのはやめようと思ったのだが、まだ売って欲しいと言ってくださるお客さまも少なくない。そこで――」

吉祥堂が膝を乗り出した。御成り街道の出店で扱っている万寿飴を、再び美神堂で売ってもらいたいと言うのだ。

「仕込みは今まで通りうちの仕事場で職人たちにやらせる。入り用なら売り子もこちらで手配りしよう。病み上がりの美神堂さんに忙しい思いをさせるつもりはないから心配はいらないよ」

そう言うとアオサギは、大番頭が持参していた手文庫の中から書き付けを取りだし、甚八に向かって畳の上を滑らせた。

「手前が拝見いたしましょう」

書き付けを手に取ったのは源蔵だった。

読みにくい略字で書かれた書面を念入りに、二度に渡って目を通した源蔵は、その内容を美神堂夫婦へ説明した。

「美神堂さんの店に万寿飴を置いた場合、売り上げの二厘にあたる金額を支払うとある。つまり売り上げが百両あったとしたら、そのうちの二両が手間賃として美神堂さんの手に入るということです」

書き付けの内容を聞いた美神堂夫婦は、ことさら喜びもしなければ怒りもしなかった。むしろ予想通りだと言いたげな顔で頷き合い、次に吉祥堂が何を言い出すのか待っている。

「あんたらは二厘では少ないと思うかもしれないが、いいかね」

相手が思いのほか冷静であると悟ったアオサギは、本腰を入れて夫婦を説き伏せにかかった。

「これは決して悪い取引きではない。何しろ仕込みにかかる費用も、職人や売り子の給金も、全《すべ》てうちが持つと言っているんだ。正直なところ、あのしみったれた店先を借りることになれば、売り上げは大幅に落ちるだろう。それでもうちの常連客を上手く回すことで万寿飴はまだまだ売れる。あんたらは寝ていても金が入るのだから良い話だと思わんかね。私は中風を患ったご亭主のことを考えて言っているのだよ」

最後は恩着せがましく締《し》め括《くく》った吉祥堂の説得に、源蔵が言い添える。

「ようするに美神堂さんの名を使って、薬種の仕入れと万寿飴の商いを行いたいと、吉祥堂さんは言っておられるのですな」

「そ、それは、あんた」

滑らかだったアオサギの舌が初めて喉に絡んだ。

隣のずんぐりした大番頭も、目をぱちくりさせている。

「手前としても大事な名代をお引き受けする以上、色々と調べさせて頂きました」

源蔵は澄ました顔で続けた。

「なぜ吉祥堂さんが、用済みとなったはずの美神堂さんへ再び商いの話を持ちかけたのか、そうせざるを得なかったのか、その辺りの事情も存じているつもりです」

「……………」

黙り込んだアオサギの口元が歪められた。この半月余りのうちに降りかかった、厄災とも思える出来事が頭をよぎったからだ。

ことの始まりは、古馴染の薬種問屋が突きつけた思いもよらぬ宣告だった。小売り薬店の株を持たない店に、砂糖を除く薬種を卸さないことが問屋仲間の会合で決まったというのだ。

万寿飴の仕込みに多くの薬種が必要な吉祥堂では、店主自ら問屋へ出向き、なだめたり脅したりして裏から薬種を流すよう求めた。しかし相手は平身低頭詫びるばかり。他に付き合いのある問屋を当たっても、みな平蜘蛛《ひらぐも》のように這《は》いつくばるだけである。ならばと怖い連中を雇って圧力をかけてみたところ、それを待っていたかのように薬種問屋仲間の総代から申し渡し状が届いた。

『これはしたり!』

書状を握り締める店主の顔が、羽織と同じ水浅葱色になった。

今後も脅しを続けるつもりなら、江戸中の薬種問屋が砂糖を売りしぶるかもしれないと書かれてあったのだ。

砂糖が買えなくなるなど菓子屋にとっては命取りである。

いつの間にか自分が脅される側に回っていたことに気付いた吉祥堂だが、そう簡単にはへこたれなかった。

菓子屋に薬種を売れないと言うのであれば、自分の奉公人を店主に据えて、名ばかりの薬店を開けばいい。

ところが思い通りにことは進まなかった。江戸で薬店を営むための仲間株が買えないのだ。

薬店株は町区ごとに数が決まっていて、どこかひとつが店仕舞いしない限り、新たな株を買えない仕組みになっている。生憎《あいにく》と近いうちに潰れそうな店は一軒もないらしい。

呑気《のんき》に待っていられない店主は、傾きかけた薬店を探して買い取るよう指示を出したのだが、これも失敗に終わった。

『先回りしてうちの邪魔をする者がいる……』

分かっていながら吉祥堂は次第に手詰まりとなり、かつて汚いやり口で新店と飴薬を奪い取った美神堂に、またしても矛先を向ける運びとなったのだった。

最初は真っ当な取り決めを交し、いずれお人好しの店主を丸め込んでやれば良いと考えて話し合いに臨んだのだが……。


吉祥堂の店主は黙り込んでいた。

部屋の隅で見物している安眠の目には、先刻より若干しぼんで見える背中が居心地悪そうに身じろぎをした。

「こんな時に名代を立ててくるとは、美神堂さんも随分とお人が悪くなったものだ」

「色々とお勉強をさせて頂きましたので」

アオサギのぼやきに、お鐵が精一杯の皮肉を返した。

「まぁいい。もう分かっていなさるのだろうが、うちは万寿飴に関する限り八方ふさがり。売るのも仕入れるのも、おたくの名を使うしか手がないのが本音だ。それを知られたところで、さっきの条件を変える気は毛頭ないがね」

これ以上の親切ごかしは無駄と悟ったか、フンと大きく鼻息を噴いたアオサギはあけすけに喋り出した。

「あんたらの返事次第だよ。受けてくれるなら約束は守る。断ると言うならそれも仕方ないだろう。私としては気に入りの品だし、まだまだ稼げるものを切り捨てるのは忍びないが、潮目に逆らって薬種問屋仲間を敵にまわすことだけは避けたい。この話が決まらなければ万寿飴は本当に終わりだ」

いささか無念そうな吉祥堂の本音を聞いて、ちらりと奈良屋の源蔵が甚八に目配せをした。

「お話は良く分かりました。では、美神堂さんの口から直接お返事を聞かせて頂きましょう」

それまでだんまりを貫いていた甚八が背筋を震わせた。自分を支える女房の手を払い、左半分にしびれの残る身体を傾けながら畳の上に両手をつく。

「こっ、この話――」

吉祥堂の主従も身を乗り出す。

「きっぱりと、お断りいたします」

「なんと！」

声を上げたのは吉祥堂の大番頭だった。

話し合いが始まった時から心の中で同じ言葉を叫び続けてきたであろう甚八は、言った途端に緊張の糸がほどけて脱力した。

主治医として控えていた安眠は、一旦腰を浮かせたものの、お鐵の筋張った腕が亭主を抱え起こすのを見て動くのを止めた。

吉祥堂のアオサギは一瞬浮かんだ失望の色を引っ込め、前のめりになった身体を真っ直ぐ立て直している。

「お聞きの通り、美神堂さんはお引き受けしないということでございます。が、しばらくお待ちください」

一人だけ微動だにしなかった源蔵が、早々に立ち上がろうとするアオサギを押し止めた。

「もう話すことなどない。万寿飴は終わりだ」

「いいえ、まだ終わってはおりません。私どもの考えた策が残っております」

何を今さらと、そっぽを向く吉祥堂を前に、源蔵は一切の感情を交えない口調で続けた。

「聞くところによりますと、吉祥堂さんはご自身が名付けた〈万寿飴〉の品名と、有田焼の小瓶に詰めて売る案を、併せて千両払うなら売っても良いと仰ったらしいですな」

「言ったことは言ったが……」

アオサギが目を眇《すが》めた。

それが美神堂を諦めさせるための方便であり、千両もの大金は払えないと踏んだ上でのハッタリであることくらい、互いに分かっているはずだ。

その時、固唾《かたず》を飲んで成り行きを見守る鍼医者の背後で、音もなく唐紙の襖が開いた。

（なんてこった――）

隣室から現れた男を見て、安眠は驚愕《きょうがく》した。

男は静かに部屋を横切り、美神堂と吉祥堂を左右に臨む位置まで辿《たど》り着いて、源蔵の差し出す座布団におさまった。

ゆっくりと一同の顔を見回した男は、吉祥堂へ向かって軽く頭を下げた。

「許しも請わず話し合いの場に割り込みまして失礼いたします。当家の主《あるじ》、但馬屋蒼天でございます」

「こ、これは……」

珍しくアオサギが飲まれていた。

目の前で毅然《きぜん》と座る男の顔に、確かな死相を見たのだ。

この筋書きを知らなかった安眠も混乱していた。

夕方に寝間を覗いた時には病人らしく総髪を垂らしていた蒼天は、いつ床山を呼び入れたものか、久しぶりに髷を結っていた。剃りたての月代《さかやき》と同じくらい青白い頰はげっそりと肉が削《そ》げ落ち、黒羽二重の羽織の袖口から骨と皮ばかりの腕先が覗いている。

（なんて無茶を……）

今さら寝床へ連れ戻すわけにはいかなかった。

安眠が驚き呆れている前で、蒼天は痩せ衰えた背筋を伸ばして言った。

「お話は隣の部屋で聞かせて頂きました。これから先は、私もこの件に関わる者として加わることをお許し願います」

「と申されますと？」

「今しがた、こちらの奈良屋さんから切り出された話です」

但馬屋の印袢纏を着た源蔵は、いつの間にか元主人の隣に慎ましく控えている。

「単刀直入に申しましょう。万寿飴の名と小瓶に詰めて売り出す案、この但馬屋に千両で買い取らせて頂きたいのです」

アオサギが目を見開いた。最初に千両と言い出した手前も忘れて甲高い声を上げる。

「あんた、正気かね。菓子の名も売り方も所詮はかたちのないものだ。それに千両出すと本気で言いなさるのか」

「私は正気です、吉祥堂さん」

蒼天の声は細かったが、言葉は明瞭《めいりょう》だった。

「あなたのお商売については、奈良屋さんに詳しく調べてもらいました。随分と沢山のご同業を泣かせてこられたようだが、この場でとやかく言うつもりはありません。美神堂さんの件についても然りです。ただ――」

蒼天の落《お》ち窪《くぼ》んだ眼が、アオサギの小さな目を見詰めた。

「あなたはよその菓子をそのまま真似したわけではない。上質の材料を使うことで、より良い品に仕上げていた。客の興味を引きつける絶妙な名前のつけ方も、ギヤマンや有田焼などの高価な器を用いて値打ちを上げるのも、みな吉祥堂さん独自の思いつきだ。人を騙《だま》して儲けるのは感心しないが、菓子商人としての才には目を見張るものがある。その才能に千両の値をつけさせて頂いたのです」

「う、うーむ……」

アオサギの唸《うな》り声が長く尾を引いた。

腹黒い商人だと恨まれることには慣れていても、よもや褒められるとは思ってもいなかったのだろう。

「この場で申し出を受けてくださるのでしたら――」

蒼天が痩せた手を打ち鳴らすと同時に、襖の向こうから但馬屋の下男が現れた。

普段より小ざっぱりしたなりの寅は、美神堂と吉祥堂が対峙《たいじ》する間に割って入り、両腕に抱えた黒塗りの木箱を置いて退いた。

「どうぞ、中をお確かめください」

吉祥堂の大番頭がおずおずと進み出て開けた箱の中には、言わずと知れた山吹色の切り餅が詰まっていた。

「証文はこちらで用意させて頂きました」

蒼天の言葉に合わせ、源蔵が書き付けを広げて見せる。

「うちで買い取った万寿飴に関する事々は、そのまま美神堂さんにお譲りするという但《ただ》し書《が》きを加えてありますので――」

「い、いや、いけねぇ。やっぱりいけねぇよ旦那」

堪《こら》え切れずに甚八が声を上げた。前もって源蔵から言い聞かされていたものの、目の前の千両箱を見て腰が引けたのだ。

「但馬屋さんには爺さんの時代からさんざっぱら世話になってるんだ。その上こんな大金を俺のために、どうしようもない抜け作のために使わせるわけにはいかねぇ」

うんうんと、お鐵も目を潤ませて頷いている。

「使ってもらわなくては困るのだ。私には美神堂さんに返すべき借金があるのだから」

「借金……？」

穏やかに頷いた蒼天は、視線を吉祥堂に移して言った。

「実は、うちには一人息子がおりましてね。幼くして母親を亡くしたのですが、これが大変なきかん坊といいますか、熟練の乳母《うば》も手を焼くほど我の強い子供で……」

「はぁ」

急に何を言い出したのかと、アオサギが怪訝《けげん》な顔をしている。

安眠も大いにたじろいだが、蒼天は構わず語り続けた。

「本来なら母親の分まで愛情を注いでやるべきところを、私は幼い子供をほとんど構ってやりませんでした。そのせいでしょう、息子はお隣の美神堂さんを慕うようになりました。薄情な父親や、上辺《うわべ》だけの機嫌を取ろうとする乳母より、悪いことは悪いと本気で叱ってくれるご夫婦を頼みとしたのです。気が付けば朝から晩まで入り浸り、何か月も寝泊りさせてもらった時期もありました。あれは美神堂さんが育てたも同然の子です」

居住まいを正し、夫婦に向かって頭を下げる。

「改めてお願いしよう。随分と遅くなってしまったが、息子を育ててもらった礼としてこの金を使わせて頂きたい」

「も、もったいねぇ。礼だなんて」

「早く、早くお顔を上げてくださいまし」

甚八夫婦の狼狽《ろうばい》をよそに、蒼天は部屋の隅にいる息子へちらりとだけ視線を投げかけた。

「さっきも言った通り、この中には長年の借金も含まれているのだよ。蒼一郎が毎日のように舐めていた水飴の積もり積もった代金だ。足りなければ本人に取り立ててやっておくれ」

しっかり利息も取ってやれと言われ、夫婦が泣き笑いをする。

昨日も今日も当たり前のように水飴を舐めた安眠は、居心地悪げにつるつるの頭を撫でたのだった。


夜を籠《こ》めた闇は一段と深かった。

但馬屋の寝間に駆けつけた安眠は、布団に横たわる蒼天の脈をとっていた。

容態が急変したのは、子《ね》の刻を過ぎた頃だ。

強い鍼の刺激を与えたことで今は呼吸が落ち着いている。それも一時しのぎに過ぎないことは分かっていた。

「あんな無茶をするからです」

薄く目を開けた蒼天を、安眠は主治医の口調で咎《とが》めた。

吉祥堂が証文に判をついてから、まだわずかな時間しか経っていない。

「水飴を舐めた息子が俺だと知って呆れていましたよ。さぞかし可愛らしい坊やを想像していたのでしょう」

本当はそんな話がしたいのではない。でも何を言うべきなのか安眠自身にも分からない。

蒼天は再び目を閉じた。

半年近くも付ききりで看病した庵主は、この時になって姿を消していた。

探しに行かせた寅もまだ戻らない。

静けさの染み入る屋敷にいるのは、父と子だけであった。

「私を、恨んで、いるだろう」

蒼天が掠れた声で呟いた。

但馬屋を継がせないと言われたことなら恨んでいる。自分の代ですべてを終わらせてしまうなど、ずるくて勝手な親だと今でも憤りを感じている。

「もう少し、傍《そば》へ……」

顔を寄せる安眠の頭の上に、震える手が伸びた。

「産まれたときも、こんな頭だった。力強い声で、よく泣いて、私があやすと、余計に泣いたな」

赤子の頃の記憶などない。物心ついた時には、忙しくてよそよそしいだけの父親だった。

「もうじき、但馬屋の契約が、終わる。お前は、己の才覚だけで、生きなさい。庵主さまも、それを、お望みだ」

最後の最後まで二人は勝手に決めたのだ。当の息子には何の相談もせず、自分たちだけで。

恨みごとを言う前に、頭を撫でていた手が滑り落ちる。

思わず摑んだその手は、思いのほか温かだった。

「良い娘が、お前を見ている。昼は、日に向かい、夜には、葉を閉じて、眠る木のように、健やかな、娘が」

乾いた唇が、かすかに綻《ほころ》ぶ。

「ともに、生きて、ともに、天寿、を……」

最後の言葉が夢の風景となって消えた。

もう安眠は鍼を施そうとはせず、父親の手を握り続けた。

未明の闇の中で、次第に失われる温《ぬく》もりを感じながら。

＊

開け放した座敷は、大勢の弔問客で溢れていた。

早くから来て腰を据えてしまった者もいれば、焼香だけ済ませて帰る者もいる。空き部屋で勝手に飲み食いする者までいる。仕出しの膳《ぜん》は足りているのか、酒の追加はどれくらい入り用なのか、もう正確なところは誰にも分からない。

夕方から手伝いに入った音夢も、茶碗やお銚子《ちょうし》の乗った盆を運ぶのに大忙しで、気がついた時にはすっかり夜が更けていた。

「お嬢さま、熱いお茶が入りました」

声をかけたのは染井屋の上女中だ。音夢が泊りがけの手伝いに赴く条件として、目付け役を兼ねて遣わされたのだった。

「今時分から来るお客はありませんし、お振る舞いの座敷も落ち着きました。もうお休みになってくださいまし」

「私より、おもとの方が疲れたでしょうに」

なんのこれしきと、上女中は緩んだ襷《たすき》をかけ直した。

ともに裏方を任された奈良屋の女衆に負けまいと、普段にも増して気合いが入っているのだ。

但馬屋蒼天の初七日《しょなのか》の法要は、奈良屋の源蔵が仕切って営まれていた。店を休んで馳《は》せ参じた奈良屋の奉公人は、源蔵以下ほぼ全員が、かつて但馬屋で働いていた者たちである。

通夜と葬儀を身内だけで済ませた代わりに、初七日の晩は大勢の弔問客が訪れた。書道具屋だった頃の仲間や得意客、町内の人々、所有する裏長屋の面々まで差配に率いられてやって来た。

当然ながら喪主の安眠は、悔やみを述べる一人ひとりに頭を下げ、年寄り連中が繰り返す昔話の相手をするのに忙しい。

美神堂の甚八は焼香台のまわりを絶えず手箒で清め、お鐵は台所を手伝っている。下男の寅は下足番を任されている。

庵主だけがいなかった。

誰よりも蒼天に献身的だった尼僧が、初七日の席に姿を現さないのは不自然だ。

「では少しだけ橘庵で横にならせてもらうわ。同じ敷地の中だから心配しなくて大丈夫よ」

茶を飲み干した音夢は、差し出された盆の上に茶碗を戻した。

「――ごゆっくりお休みください」

しごく丁寧に置かれた茶碗を凝視しながら、上女中が神妙に頭を下げた。


あたりは一斉に芽吹いた若葉の匂いに包まれていた。

橘庵へと続く木立の中である。

時おり湧《わ》き上がるように聞こえて来るのは、故人を偲《しの》びつつ一晩飲み明かそうと、但馬屋に居残った客人たちの談笑だ。

さざめく声を背中で聞きながら、音夢は足を速めた。

（お加減でも悪いのかしら、それとも……）

茂みの向こうに現れた堂宇は暗かった。

濡縁《ぬれえん》に上がって障子戸を開けても誰もいない。

普段にも増して念入りに拭き清められた床に、青白い月明かりが差し込むばかりである。

しばし立ちつくした音夢は、妙な予感がして階を駆け下りた。

下駄を突っ掛けるのももどかしく、素足で庭先へ走り出そうとしたところへ、驚くほど近くから穏やかな声が聞こえた。

「私ならここにいますよ」

間違いない。庵主の声だ。

「良かった。てっきりどこかへ行ってしまわれたかと――」

安堵の声は途中で消えた。橘の古木の後ろから現れた尼僧のなりが、いつもと違うことに気付いたからだ。

墨染の衣と白い頭巾に変わりはないが、その背中に小さな荷物を斜めに結び、足には草鞋《わらじ》を履いている。

明らかな旅の装束であった。

「やはり、行ってしまうのですか」

庵主が静かに頷いた。

「蒼天さまとの約束なのです」

なぜだろう。そんな気がしていた。

別れるのは寂しい。不眠の病を抱えてやって来た時も、悩める時も、しくじった時も、味方になって元気づけてくれた人である。

なのに、離れがたい気持ちとは裏腹に、引き止めることをためらう自分がいるのも確かだった。

「お音夢さん」

「はい」

答える声が震える。

「あとは、よろしく頼みます」

住み慣れた庵と庭を隅々まで見渡して、庵主は言った。

「人の住まない堂宇は早晩に朽ちるでしょう。でも、この庭で育った草木がすぐに枯れることはありません。誰かが、ほんの少し気にかけてやりさえすれば」

美しい顔が振り仰ぐのは、庭の主とも言うべき橘の古木である。

橘は一年を通して緑の葉を茂らせる。枝先から出た芽が新しい葉となり、いつの間にか古い葉と入れ替わっているのだ。

「お音夢さんは、橘の実の言い伝えをご存じですね」

不老不死の実を持ち帰った男の伝承なら、塗屋の隠居が書き写してくれたものを読んでいる。

「実はあのお話には続きがあります。立ち去る前に、ほんの夢物語だと思って聞いて頂きたいのです。あなたと、もう一人――」

庵主が目を向けた先で、こんもりと茂った低木の枝が風もないのに揺れている。

もしや安眠かと思えば、柔らかな小枝をかき分けて現れたのは、黄朽葉《きくちば》色の着物をきた老人だった。

「瓢兵衛さん――」

「やれやれ、見つかってしまったかい」

盗み聞きをしていた老人は、大きな頭を揺らして歩み寄った。

「ご隠居さまも、お知りになりたいのでしょう」

「そりゃ知りたいともさ」

瓢兵衛に悪びれる様子はない。

「何のためにこの裏店へ越してきて、三年も暮らしたと思っているのかね」

やはりそうでしたか、と頷く庵主は少し可笑《おか》しげだ。

「では、ささやかな置き土産として私の話をお聞きください。遠い昔、この国が倭国《わこく》と呼ばれていた時代の物語です」

　期待に目を輝かせる老人と、何のことだかよく分からない音夢が一緒に耳を傾ける。

「記紀にもある通り、常世の国へ赴いた田道間守さまは、不老不死の妙薬とされる〈非時香菓〉を手に入れて帰国されたのですが、その時すでに大王は崩御されていました。使い道のなくなった木の実はどうなったとお思いですか」

　庵主の問いかけに二人が答える。

「いくつかを御妃《おきさき》に献上し、残りを大王の陵に供えたのだろう」

「きっと御妃さまが種を植えて、橘の木を増やされたのね」

　庵主は頷くと同時に否定した。

「そのように伝えられていますが、橘の木は元々この国にもありました。見た目は同じでも、不老不死の実が生《な》るのは常世の国にしかない特別な木です。実の中に種はなく、万が一よその国に持ち出されても増やすことが出来ないようになっていたのです。しかし、田道間守さまが持ち帰られたのは〈非時香菓〉だけではありませんでした。十年ぶりに倭国へ戻る船には、常世の国の乙女たちも乗っていたのです。不老不死の実が生る木の枝を持って」

　瓢兵衛は息を潜めて聞き入っている。

いつしか音夢も、浮世離れした尼僧の語る不思議な物語に引き込まれていった。

「そもそも常世の国は、常人が容易《たやす》く辿り着けるようなところではありません。詳しくはお教えできませんが、倭国から遥か遠く離れた所にあって、枯れない花が一面に咲き、小鳥が歌い続ける楽園です。そこに住む者はみな美しく、若々しく、永遠に近い寿命を持っています。若さの源となっているのが〈非時香菓〉なのです。

奇跡的に常世の国へ流れ着いた田道間守さまは、しばらくかの国で養生なさいました。お世話を任されたのは八人の乙女たちです。外界は醜い者たちが暮らす汚《けが》れた地だと聞かされていた乙女たちは、田道間守さまが麗しい偉丈夫であることに驚きました。つれづれに語られる倭国の風物にも惹《ひ》かれ、いつか四季のある美しい島を見てみたいと願うようになりました。

やがて健康を取り戻された田道間守さまは、帰国の途につくことになりました。水や食料のほかに沢山の宝物も与えられましたが、不老不死の木の実だけは持ち出すことが許されませんでした。

このままでは国へ戻れないと嘆く田道間守さまを見て、八人の乙女たちは心を決めました。禁断の園の番人を誑《たぶら》かし、黄金《こがね》色に実った〈非時香菓〉を枝ごと折り取って、倭国の船に飛び乗ったのです」

常世の国の乙女たちの大胆さに音夢は驚いた。きっと倭国から来た男を慕い、役に立ちたい一心だったのだろう。

「帰国してすぐ田道間守さまは殉死されてしまったのですが、禁を犯した乙女たちに常世の国へ戻る道は残されていませんでした。

田道間守さまの遺されたご家族と生活をともにするうち、乙女たちは自分の容貌が少しずつ変化してゆくことに気付きました。常世の国を久しく離れ、初めて老いてゆく定めに向き合うこととなったのです。

その驚きが如何《いか》ばかりであったかお察しください。

倭国の女性と同じように、いずれ自分たちも腰が曲がり、手にも顔にも醜い皺《しわ》が寄ってしまう。白目は黄色く濁り、歯が全部抜けてしまう。それは死そのものより恐ろしいことでした。

頼みの綱は、〈非時香菓〉を盗む際に折り取った木の枝でした。まだ瑞々《みずみず》しさを保っていた小枝を倭国の橘に接《つ》ぎ木《き》し、守り育てることにしたのです。

ただし不老不死の木の実が生るのは何年先になるのか見当もつきません。それまでの時をかせぐ必要のある乙女たちに、ある案を示した人々がいました。亡き田道間守さまのご子息たちです。

連座をまぬがれたご子息たちでしたが、都を遠く離れた但馬の里で貧しい暮らしを強いられていました。彼らは乙女に言いました。自分たちの寿命を分け与える代わりに、あなた方の不思議な力を貸して欲しい。われらの家を栄えさせて欲しいと。

倭国の人にはない不思議な力を持つ乙女たちは、老いの苦しみから逃れるため、ご子息ひとりずつと契約を結んでしまいました。

それから八人のご子息たちの直系は、倭国の各地で栄えました。朝廷と結びついて権力を握った家もあれば、農耕や海運の民として財を蓄えた家もあります。

家運の隆盛こそ約束されましたが、その代わり代々の当主は短命でした。自分の子が元服する歳になると、当主は契約を結んだ乙女に余命を譲り渡さなくてはならないからです。

一方、八人の乙女たちが接ぎ木した〈非時香菓〉の木は、それぞれの当主の屋敷で立派に育ち、毎年香りの良い花を咲かせては沢山の実をつけました。ただ、秋になっても実が黄金色に熟することはなく、青いままで空《むな》しく地面に落ちてしまうのでした。

その間に何人もの大王の時代が過ぎました。飛鳥《あすか》、奈良、平安と国の都が移ろうとも、幾度の乱世が訪れようとも、家運の永続を望む当主と、若さを失いたくない乙女たちの契約は続きました。

やがて時代の移り変わりに伴って、八つの家は互いに縁遠くなってゆきました。同族としての繋《つな》がりは失われ、それぞれの家を守る乙女たちも再び仲間と会うことはありませんでした」

語り終えた庵主が、ほうっと深い息をついた。

塗屋の隠居は目をつむり、大きな頭を揺り動かして考えにふけっている。

「田道間守の子孫と常世の国から来た乙女たちは、その後どうなったのですか」

年齢不詳の麗人はゆっくりと首を横に振った。

「古代から続く由緒ある家系でしたが、ここ数百年の間に少しずつその数を減らしていったと聞いています。家が減るごとに乙女と〈非時香菓〉の木も姿を消してゆきました。私の知る限り、今でも系譜が続く家はひとつだけ。残った乙女も一人きりです。

──お音夢さん、なぜだとお思いですか」

「えっ」

思わぬ問いかけだった。

「家が途絶えたのは、当主と乙女が契約を結ぶことを止めたからに他なりません。なぜ止めたのだとお思いですか」

「それは……」

重ねて問われ、考えあぐねる音夢の横で、目を閉じたままの隠居が代わりに答える。

「簡単なことじゃないかね。寿命を他人に譲り渡すのも、他人の寿命を譲られて生きるのも、どちらも自然の理《ことわり》ではないからさ」

庵主が頷いた。どこか悲しげな目をして。

「その簡単なことに私は気付かなかった。気付こうとさえしなかった。だから最後まで残ってしまったのです。私とこの木だけが」

仰ぎ見る古木の梢では、東の空にかかる月の光を葉の一枚一枚が受け止めて輝かせている。

「常世の国に比べれば、この国に生きるものたちの命は余りにも短い。でも、刹那《せつな》の命を生き、次の世代へ託すからこそ、倭国はこんなにも美しい。秋の盛りを彩る紅葉だけでなく、庭の片隅に埋もれる枯葉も、病葉《わくらば》でさえも美しいのだと、あの方は教えてくださいました」

古木の幹を撫でる庵主の顔が、木漏れ日のような月光を浴びて白金に光り輝いた。

こぼれ落ちた光の粒は小さな音をたてて中空で弾《はじ》け、異国の楽を奏でながら月天へと昇って行く。

(なんて美しい人。なんて美しい夢なのだろう)

音夢はうっとりと酔いしれた。

命の積み重ねが見せる景色は、やがて夢から覚めるかのように消えていった。

気が付けば、あたりは暗い夜の庭だった。

「時が移ります。名残は尽きませんがこれで……」

見慣れた古木の前に立つ墨染の衣が、ふわりと翻った。

「待ってください。但馬屋さんとの契約が終わったからといって、今すぐ橘庵を出なくていいじゃありませんか」

思わず伸ばした手を、尼僧のたおやかな指先が優しく拒んだ。

「千五百年の悪縁は決して生易しいものではありません。私がいることで契約者の血を引く者が惑わされます。蒼一郎さんのご気性なら尚《なお》のこと、他の女性に目が行かなくなってしまうでしょう」

「え、それは……」

それは困る。

正直者の娘に最後の優しい眼差しを残して、庵主が歩き出した。

「ひとつお願いがあるのだが」

隣で瓢兵衛が呼びかける。

「今聞かせてもらった因縁話を、但馬屋さんの名前は伏せるから、儂の夢草紙の続きに書き加えても良いかね」

「ご随意に」

庵主が背中で答えた。

承諾を得て満足したのか、草紙書きの隠居はひょいと姿を消してしまった。気がついた時には庵主が滑るような足取りで、土蔵の角を曲がろうとしている。せめて表通りまで見送ろうと追いかけた音夢だったが、横丁に出る手前で男の声を聞きつけ、慌てて蔵の陰に引っ込んだ。

「俺に黙って行くつもりだったのですか」

安眠の声である。

いつの間にか振る舞いの席を抜け出していたのだ。

「ずるいですよ。何もかも親父と二人で決めて、勝手に終わらせようなんて」

男の口調は、責めるというより拗《す》ねているようだった。

「俺はあなたと契約する日を待っていた。ひとつの命を分けあって生きる日を待っていたのに」

「蒼天さまとて、ご自身の命を惜しんで契約を終わらせたのではありません。我が子に天寿を全うさせてやりたい、ただそれだけの理由で悪縁を絶ち切る決心をなさったのです」

　庵主の声は平坦《へいたん》だった。

「私は、あの方の意に従って――」

「嘘だ」

　苦いものを吐き出すように安眠が否定した。

「子供の頃からずっと同じ夢をみていた。気が遠くなるほど大昔の光景だ。御陵を前にした草原で男が祈り、常世の国から来た乙女たちが舞っている。その中にはあなたもいる」

「いたかもしれません」

「祈りを終え、死に向かおうとする男を、あなたは止めようとした。その手を振り払って自ら命を絶った男の顔は、親父と――、但馬屋蒼天と同じだった」

「…………」

　庵主は何も言わない。

　代わりに安眠が続ける。

「それから千五百年以上も生き続けたあなたは、先祖と瓜《うり》二つに生まれた男と巡り合って気付いた。もう他人の命を奪ってまで永らえることはないと」

音夢は息をひそめ、庭の隅で聞き耳を立てていた。

なぜ、今になって常世の国の乙女は生き続けることを止めようとしているのか。その答えは簡潔だった。

「あなたは満足したんだ。遠い昔に死んだ田道間守と外見だけでなく中身までそっくりな男と出会い、心を通わせたことで、思い残しがなくなった。もう永遠の命などいらない。次の契約者になるはずだった俺のことも、たぶん……」

ほんの少しの間を置いて、庵主の声が聞こえた。

「その通りです。あなたの命など欲しくありません」

冷たい返事だった。

「馬鹿野郎っ」

淡い期待を打ち砕かれた男が、子供じみた捨て台詞《ぜりふ》を残して走り出す。

遠ざかる下駄の乱れた音を、音夢は切ない気持ちで聞いた。

やがて、静かな夜が戻った。

土蔵の陰からそっと顔を出して見れば、誰もいない横丁を青白い下弦の月が照らしていた。

＊

明神下の空をツバメが飛び交っている。

近くの田畑から泥や藁屑《わらくず》を咥《くわ》えてきては、商家の軒下で巣を作るのに忙しそうだ。

急ぎ足に美神堂を訪れた瓢兵衛も、縁台に座るより先に音夢を捉《つか》まえて言った。

「ようやく決まったよ。本の仕上がりは来月だとさ」

「良かったですね。読むのが待ち遠しいわ」

空の湯呑を片付けながら音夢も喜んだ。

戯作者《げさくしゃ》でもある隠居が書き上げた草稿は、すでに版元へ渡っている。不老不死の実を巡り、倭国の男と常世の国の乙女が織りなす物語がどんな草紙本に仕上がるのか、今から楽しみなことだ。

「薬湯一丁あがったよぅ」

奥の作業場から陽気な声がした。

竈の前に立って薬湯を煮出しているのは甚八である。最近の回復ぶりは目覚ましく、力仕事以外は以前と変わりなくこなせるようになった。重い鉄鍋で薬種の焙煎をする日も近いだろう。

姿の見えないお鐵は、但馬屋の土蔵を借りて麦芽の水飴を仕込むのに忙しい。出来上がった水飴に甚八が手を加えて飴薬を作るのだが、実はまだ〈万寿飴〉として売り出す目途は立っていない。

『せっかく但馬屋さんが取り戻してくれたんだ。今度こそ慎重にやらねぇとバチがあたるからな。大丈夫。商売下手の俺が勝手に先走らないよう、ちゃんと女房と相談して決めるよ』

前回のしくじりに懲りた甚八は、お鐵と一緒に万寿飴の売り方を考案中だ。こちらも先がどうなるのか楽しみである。

音夢は盆に乗せた湯呑を、慎重に縁台の上へ置いた。

熱々の薬湯をすすり始めた隠居が、参道へ向けた目を細める。

「先生がお戻りだよ。今日は早目に往診が済んだようだね」

見れば薬籠を提げた鍼医者が、とぼとぼと通りを帰って来るところだった。

以前は武家のように堂々と歩いていた男が、今やうつむき加減に背中を丸めて歩く有様だった。大きな身体から発していた覇気《きう》もすっかり消え失せている。

「あんな調子で大丈夫でしょうか。治療所に来る患者さんたちまで心配しているみたいなんですけど」

「無理もないわな。ものの見事にフラれなさったから」

あの夜、一足先に姿を消したと思われた瓢兵衛も、隠れて顛末《てんまつ》を見届けていたのだ。

周囲を心配させている安眠は、美神堂の前まで辿り着くなり、縁台に腰を下ろして大きな溜息《ためいき》をついた。

「先生、お疲れさまでした。水飴でもお持ちしましょうか」

尾羽打ち枯らした風情の男が、ぼんやりと顔を上げた。

「いや、今日はやめておく」

はあぁ、と、またもや長い溜息を洩《も》らしてうつむいてしまう。

音夢と隠居は顔を見合わせた。

去り際に庵主が残した言葉は、自分との悪縁を絶たせるための方便にすぎない。でも安眠にとっては大きな痛手となってしまった。半月経っても立ち直れないほどに。

一体どうしたものかと考える二人の背後で、慇懃《いんぎん》な男の声が呼びかけた。

「あの、誠に失礼ですが、そちらにいらっしゃるお方は安眠先生ではございませんか」

「はい、そうですけど」

振り返った音夢は、通りに立っているずんぐりした男の顔に見覚えがあった。

「あなたは確か吉祥堂さんの……」

「これは染井屋のお嬢さん。ご機嫌よろしゅうございます」

如才なく頭を下げたのは、吉祥堂の大番頭だった。

「これから先生の治療所へお伺いするところでしたが、ここでお目にかかれて幸いでございました」

そう言って大番頭は、小僧に持たせていた風呂敷包みを解き、黒塗りの箱を取り出した。

「どうぞこれを。手前どもの店主からのお見舞いでございます」

「見舞いだと。俺に？」

意外そうな安眠の手に箱が渡る。

「お父上の但馬屋さんが他界されて、大層お力を落とされているご様子だとお伺いしましたもので」

中から出て来たのは、薄青いギヤマンの鉢に入った半透明の饅頭だった。

「これは、葛《くず》饅頭だな」

「左様でございます」

しっとりと水蜜《すいみつ》に浸り、小刻みにぷるぷる震える饅頭の中には漉《こ》し餡《あん》が透けて見えている。

「吉野《よしの》から取り寄せた葛粉を使っております。夏の菓子として売り出す予定の品ですが、先に安眠先生へお届けして、元気になって頂くよう手前どもの店主が申しまして」

「ふむ」

甘味好きの安眠は、涼しげなギヤマンの鉢を口元へ運び、つるんと水蜜ごと葛饅頭を飲み込んだ。

「――うん、旨い」

「それはよろしゅうございました」

満足そうな吉祥堂の大番頭に、塗屋の隠居が訊ねる。

「もう菓子の名前は決まったのだろうね」

「勿論《もちろん》、店主が命名いたしました」

ちらと安眠の頭を盗み見た大番頭は、咳払《せきばら》いをして言った。

「名前は〈つるつるてん〉でございます」

「つるつる――」

安眠が絶句した。

一瞬だけ青くなった顔が、見る間に真っ赤に染まる。

「あ、あのアオサギの野郎ぉ……」

立ち上がった頭の天辺から湯気が昇りそうだ。

「今から首根っこを摑《つか》まえて説教してやるっ」

言うが早いか、鉢を音夢の手に押し付けて走り出した。

止める間もなければ、止める者もいない。

大柄な後ろ姿が日本橋を目指して遠ざかって行く。

「やれ、なんと見事な走りっぷりだろう」

「元気になったみたいですね」

ひとしきり瓢兵衛と笑い合った後、音夢は繊細なギヤマンの鉢を箱の中へ戻し、そっと蓋《ふた》を閉じたのだった。

安眠先生ツボ指南

作中で安眠先生が使ったかもしれない、
あんなツボ、こんなツボ。
指で三秒ほど押してみましょう。
押したときに重い感覚があったり、
気持ちよく感じるところを探してみてください。

✳天柱

ten-chu

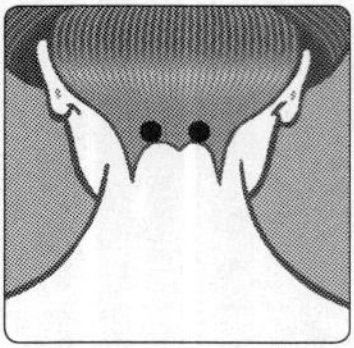

不眠、頭痛といった症状によく使われます。
ストレスが気になる方にもお勧めです。
目の疲れにも効果がありますから、
読書の後にどうぞ。

＊後頭部と首との境目にある
くぼみ(盆の窪《くぼ》)の中央から、
左右にそれぞれ親指の幅ひとつ分ほど外側。

＊ 足三里

ashi-san-ri

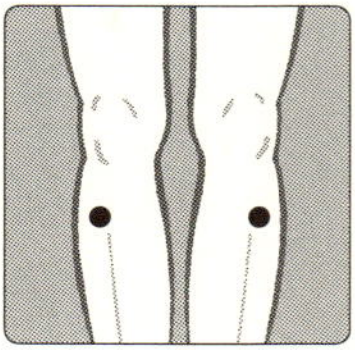

消化器系の不調に用いるほか、下肢の神経痛や鼻炎などさまざまな症状に使われます。〝養生のツボ〟として重宝される、よいツボです。ぜひ試してみてください。

＊膝蓋骨《しつがいこつ》(膝の皿)の外側下端から指四本分ほど下。

＊ 膏肓

kou-kou

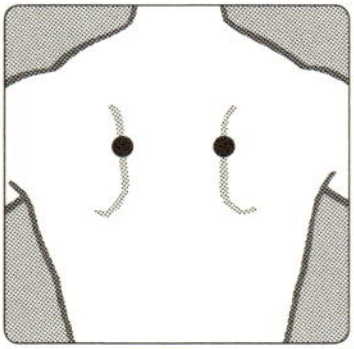

〝体の奥深いところ〟という意味もあり、心臓の病を抱えた蒼天の治療の場面に登場します。現代では心臓病よりも、ひどい肩こりや五十肩などの治療に用いることが多いツボです。

＊肩甲骨の内側に沿って指を滑らせ、骨がカーブしているところの際《きわ》。

イラスト・コンポーズ　山﨑かおる

＊本書はハルキ時代小説文庫の書き下ろしです。
＊作中に登場する長さの単位は、一寸＝約三センチメートル、一尺＝約三〇センチメートル、一間＝約一八〇センチメートルです。また時間の表記は、日出・日没の時刻を基準とする不定時法を使っています。一時＝約二時間、半時＝約一時間、小半時＝約三〇分です。

時代小説文庫
さ 23-2

ひゃくめ はり医者安眠《いしゃあんみん》 夢草紙《ゆめぞうし》

著者　櫻部由美子《さくらべゆみこ》

2019年4月18日第一刷発行

発行者　角川春樹

発行所　株式会社 角川春樹事務所
〒102-0074 東京都千代田区九段南2-1-30 イタリア文化会館

電話　03(3263)5247［編集］　03(3263)5881［営業］

印刷・製本　中央精版印刷株式会社

フォーマット・デザイン＆シンボルマーク　芦澤泰偉

ISBN978-4-7584-4249-7 C0193

http://www.kadokawaharuki.co.jp/［営業］
fanmail@kadokawaharuki.co.jp［編集］ ご意見・ご感想をお寄せください。